双葉文庫

暗殺奉行

極刀

牧秀彦

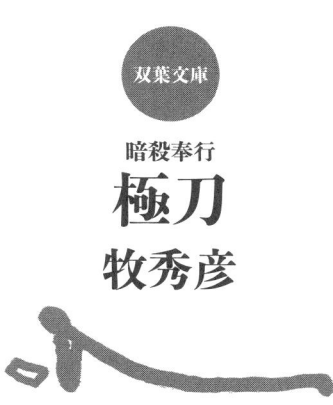

目次

極《ごく》刀《とう》暗殺奉行

この作品は双葉文庫のために書き下ろされました。

序　章　仕留めて候《そうろう》

しゃっ。

夜風を裂いて刃《やいば》が走る。

「ここが地獄の一丁目だ！　とっとと奈落《ならく》に堕《お》ちやがれ!!」

外道《げどう》に引導を渡す決め台詞《ぜりふ》と共に、早見兵馬《はやみひょうま》は刀を振り抜く。

しかし今宵の殺しの的《まと》は、容易《ようい》に仕留められるほど甘くなかった。

カーン。

気迫も十分に振るう敵の刀が、必殺の斬撃《ざんげき》を弾き返す。

金属音が上がった瞬間、二人は同時に飛び退《すさ》った。

「………」

「………」

冷たい風が、男たちの足元を吹き抜けていく。

小名木川《おなぎがわ》沿いの道は静まり返っていた。

行き交う人々の姿はすでに絶え、火の用心の拍子木の音も聞こえてこない。

息詰まる静寂の中、早見が取った構えは中段《ちゅうだん》。

対する相手は、刀を頭上に振りかぶっていた。

斬り下ろす速さに自信がなくては、取れぬはずの構えである。

ハッタリでないことは、初手《しょて》の攻防で早見も承知の上だ。

(やっぱり腐っても道場主か。へっ、こいつぁ難物《なんぶつ》だぜ)

胸の内でつぶやきながらじりっと一歩、早見は腰から前に出る。

刀は五体《ごたい》の動きと連動させることによって、余さず威力が発揮される。

早見は切っ先だけでなく、つま先も前方に向けていた。

草鞋《わらじ》履きの右足を前にして、左足は踵《かかと》をわずかに浮かせている。

背筋を真っ直ぐに伸ばしながらも力むことなく、体の軸をぶらさずにいた。

早見の殺しの装束は、四季を通じて黒一色。

いつも木綿《もめん》の筒袖と細身の野袴《のばかま》のみだが、今宵は年が明けて寒さの厳しい折のせいなのか裾長の羽織を着込み、きっちり足袋《たび》まで履いていた。

対する敵は絹物の羽織袴をまとった、恰幅《かっぷく》のいい四十男。

早見より一回り年上の、貫禄十分な男である。

身の丈も高く、六尺（約一八〇センチ）近い早見に見劣りしていなかった。

男も一歩、前に出る。

「うぬ、いずれの手の者か？」

上段《じょうだん》に構えた刀を揺らすことなく問う声は低く、重々しい。

「俺の命を狙《ねろ》うておる香具師《やし》どもに、これほどの手駒が居《お》ったとは聞いておらぬ……流儀は一刀流《いっとう》と見受けたが、左様であろう」

「へっ、そういうお前さんは直心影流《じきしんかげ》くずれか」

「くずれとは何だ、無礼者め」

「何が無礼なもんかい。金ずくで誰彼構わずぶった斬る外道のくせに、いっちょまえに流儀を名乗って看板まで掲げてんのが、ふざけてるって言ってんだよ」

「言いたいことはそれだけか、若造……」

告げると同時に、男は動く。

早見が突きを見舞ってくると察知してのことだった。

「ヤエーッ！」

気合いも鋭く、斬り下ろしが襲い来る。

キーン。

速い上に、重たい打ち込みである。

すでに男は間合いの外まで飛び退り、再び上段の構えを取っていた。

「くっ」

横一文字にした刀身で受け止めるや、早見は腰を入れて押し返す。

一瞬でも遅れていれば、早見に喉を深々と刺し貫かれていただろう。

自分から仕掛けてこないのは、早見を腕利きと見なせばこそ。こちらの攻めに先んじて動き、一刀の下《もと》に返り討ちにするつもりなのだ。

姑息《こそく》なようでいて、性根が据わっている。

いつでも即座に応じられると見なせばこそ刀を高々と振りかぶり、不動の構えを取ることができるのだ。

悪事に手を染めていても、ひとかどの剣客と言えよう。

「この野郎……」

中段に構えたまま、早見は迂闊《うかつ》に動けなくなっていた。

今宵仕掛けた相手は、深川で幅を利《き》かせる悪《あ》しき剣術一門の道場主。

小名木川を始めとする大小の運河が流れる深川の地は、江戸に幕府が開かれた頃より船を用いた物流の拠点として栄える一方、御城下から離れていて町奉行の支配が行き届かぬために治安が悪く、悪の温床《おんしょう》となっていた。

影の御用で始末を命じられた一門も、剣客とは名ばかりの外道ども。

無頼の浪人が徒党を組んで界隈《かいわい》の盛り場を牛耳《ぎゅうじ》り、根城にしている町道場で賭場《とば》を開いて荒稼ぎする程度であれば、闇の裁きを下されるまでには至らなかっただろう。悪の蔓延《はびこ》る中で強い者が上に立ち、睨《にら》みを利かせてくれていれば、地域の治安を保つ上で役に立つのも事実だからだ。

しかし、その一門の行状《ぎょうじょう》は必要悪と呼べる域を超えていた。

金ずくで人斬りを請け負い、罪なき町人相手でも大枚を積まれれば迷わず命を奪うとは見逃しがたい悪行であり、刀を帯びる身にあるまじきことだった。

江戸はもとより将軍家のお膝元。開府から百五十年を経て、武家屋敷や寺社が建つ範囲は郊外にまで拡がりつつある。

御城下より少々離れているとはいえ、武士の風上にも置けぬ輩《やから》をいつまでも野放しにしておいては、天下に示しが付くまい。

故に家重《いえしげ》公は一門の所業を見捨てておけず、影の御用を命じたのだ。

九代将軍の密命を奉じたのは、北町奉行の依田和泉守政次《よだいずみのかみまさつぐ》。吟味方与力の職を代々務める早見にとっては、表の御用においても上役だった。

悪の巣窟《そうくつ》である道場には、すでに神谷十郎《かみやじゅうろう》と小関孫兵衛《こせきまごべえ》が向かっていた。

日頃は北町の隠密廻同心として働く二人は、さまざまに身なりを変えて江戸の市中を探索するのに慣れており、刀を帯びていなくても非常の折は後《おく》れを取らず戦えるように、それぞれ手裏剣術と柔術を得意としている。今宵も腕に覚えの技を振るい、不意を突かれた浪人どもを全滅させているはずであった。

そして早見が引き受けたのは最も手強《てごわ》い、道場主を仕留めること。

一人だけ仕損じるわけにはいかない。

早見はじりっと前に出た。

「ヤエーッ！」

キーン。

敵の鋭い気合いと共に、金属音が闇を裂く。

負けじと早見は刀を繰り出し、休むことなく道場主に挑み続けた。

「おらっ‼」

気合いと共に刃が躍《おど》る。

カーン。

ぶつかり合った刀が金属音を上げる。

カーン！

キーン!!

いつしか戦いの場は、路上から河岸《かし》に移っていた。

船で運ばれた荷を揚げ下ろしするため、水辺に設けられた作業場である。

昼間は荷揚げ人足が忙しく働く河岸も、夜更けた今は静まり返っている。

誰にも阻まれることなく、二人の戦いは打ち続く。

早見と激しくやり合ううちに、道場主は川べりに立たされていた。

背後を流れる小名木川は中川を経て利根川《とねがわ》に繋《つな》がる、江戸の物流の要《かなめ》と位置付けられた運河。ある程度大きめの船でも航行できるだけの水深があるため、足を踏み外せば無事では済むまい。

だが背水の陣となりながら、道場主は微塵《みじん》も動じていない。

早見の突きを打ち払いざま、上段の構えを取った姿は泰山《たいざん》不動。

次に繰り出す一刀で、真っ向唐竹《からたけ》割りにして仕留めるつもりなのだ。

「行くぜぇ」

臆することなく一言告げるや、早見は中段から突きを繰り出す。

それまでと違っていたのは左の後足《あとあし》で地面を蹴り、思い切って間合いを詰めたこと。

相打ちを覚悟した捨て身の攻めとしか思えない、無謀とも言える戦法だ。

「こやつ！」

刀を振り下ろしながら、道場主は怒号を上げる。焦りを帯びた声だった。

これが稽古場での立ち合いならば、何ら慌てるに及ばない。

剣術には引き斬《ぎ》りと称し、間合いが近ければ敵に刃を打ち込んだ上で足を後ろに引き、その勢いで斬って倒す技法があるからだ。

しかし、水際に立たされていては難しい。

こうなると見越した上で、川べりまで追い込んだのか。

気付きながらも、道場主は負けじと刀を振り抜いていた。

早見との間隔が近すぎることは、もとより承知の上だった。

刀に限らず、手に握って振るう道具は手元ではなく先端から振り下ろし、遠心力を発揮するのがコツである。刀の場合は物打《ものうち》と呼ばれる、切っ先から三寸（約九センチ）の部分を打ち込むことが肝要とされている。

間合いが詰まった早見に対し、物打から斬り下ろすのは難しい。刀勢《とうせい》も弱くなるため脳天に打ち込むことは止めざるを得まいが、代わりに首筋か肩口を切り裂けば、出血多量で致命傷となるのは必定。

今はこの場から逃れられさえすれば、それでいい――。

とっさに判じた上で、真っ向斬りを袈裟《けさ》斬りに切り替えたのだ。

道場主の刀は狙い違《たが》わず、早見の左肩口を捉えていた。

後には退《ひ》けない代わりに横へ跳びざま、迅速《じんそく》に浴びせた一撃だった。

ガッ。

刀が当たったとたん、聞こえたのは鈍い音。

威力が足りずに骨までは断てなかったらしいが、肉を裂き、よろめかせるには十分な斬撃のはず。

ところが早見は倒れず、血煙も上がらなかった。

「ば、馬鹿な……」

驚愕《きょうがく》する道場主に向かって一歩、早見は揺るぎない足取りで前に踏み出す。

同時に繰り出す諸手《もろて》突《づ》きは、みぞおちを深々と刺し貫いていた。

「ぐ……」

「刀取る身の面汚《つらよご》しめ、今度こそ奈落に堕ちてもらうぜェ」

淡々と告げながら、早見は柄《つか》を握った両手を絞り込む。

刀は手の内《うち》と称する十指《じっし》の加減により、さまざまな局面に応じて動く。これは絞り突きと呼ばれる、刺した物打に力を加える技法である。

道場主はたちまち青ざめていく。

刀を引き抜きざま、早見は足払いを喰らわせる。

支えを失った道場主は、暗い川面《かわも》に叩き落とされた。

流れゆくのを無言で見送り、早見は刀の血脂《ちあぶら》を拭《ぬぐ》う。

息を吸ったのは納刀《のうとう》し、鯉口《こいぐち》を締めた後のことであった。

「はぁ……っはぁ……」

荒い息を吐きながら、そっと左の肩口に手を伸ばす。

羽織の生地は爆《は》ぜ、下の着物も裂けている。

その割れ目から覗いていたのは、細い鎖《くさり》を編んだ帷子《かたびら》。

捕物用の備品を奉行所から持ち出し、密かに着込んでいたのである。

日頃は悪党退治の装束に用いぬ羽織を、それも裾長の一着をまとっていたのは寒さしのぎではなく、万が一の備えを隠すためだったのだ。

「あー痛《いて》え……さすがに直心影流の上段斬りは甘くねぇな……」

左肩をさすりながら、早見は歩き出す。

刃を通さぬ鎖帷子も、打たれた衝撃までは防げない。

幸い骨まで折れてはいなかったが、痛みはしばらく続きそうだった。

「仕方あるめぇ……ちょいと浜町《はまちょう》河岸に寄って、彩香《あやか》先生に手当てをしてもらうとしようかね……」

苦しげに息を継ぎつつ、早見は河岸を離れた。

物陰に隠しておいた風呂敷包みを拡げ、熨斗目《のしめ》の着物をまとって半袴を穿《は》く。

仕上げに肩衣《かたぎぬ》を着け、吟味方与力の姿に戻ったのは無事に夜道を辿《たど》り、愛《いと》しい妻子の待つ八丁堀《はっちょうぼり》の組屋敷まで帰るため。

江戸市中の町境《まちざかい》には木戸が設けられ、用心のため夜間はみだりに通行させぬのが決まり。足止めをされずに済むのは医者と産婆ぐらいのもので、たとえ武士であっても何《いず》れの家中なのか証明できぬ限り、大手を振っては通れなかった。

その点、町奉行所勤めの与力と同心は楽なもの。

十手を預かる廻方同心でなくても、袴を穿いて大小の刀を帯びていながら髷《まげ》を武士らしからぬ小銀杏《こいちょう》に結っていれば町方役人と察しが付くので、あれこれ詮索《せんさく》されることもない。

悪党を仕留めた河岸から一番近い木戸の番人も、何ら疑いはしなかった。

「八丁堀の旦那、お役目ご苦労さまでございやす」

「おう、お疲れさん」

何食わぬ顔で告げながら、早見は木戸を潜ろうとする。

先を急ごうとした足が、ふと止まった。

「おっ、美味《うま》そうなのがあるじゃねぇか」

脇の番小屋の竈《かまど》で湯気を上げていたのは、焼きたての唐芋《からいも》だった。

木戸の番人は安い給金の足しにするため、内職として駄菓子や雑貨を商うことが認められている。蓋《ふた》をした鉄鍋で蒸し焼きにする芋が番小屋で定番の売り物となるのは時代が下り、安くて美味い川越芋《かわごえ》が大量に出回るようになった後のことだが、この木戸番小屋では独自に仕入れた芋を手頃な値で商い、界隈の人々から人気を集めているという。

「河岸人足のお兄《あに》さんが、銭のないときは何よりの飯代わりだって喜んで買ってくれるんでさ。まぁ、たらふく食ってはぶーぶー屁をこいていきなさるのが少々困りもんなんですがねぇ」

「仕方あるめぇ。出物《でもの》腫《は》れ物所嫌《もの》わずって言うからな」

「へへへ、仰《おお》せのとおりでさ」

「それじゃ俺も一本、屁の素《もと》を買わせてもらうとしようかね」

「へいへい、ちょいとお待ちくだせぇまし」

早見の冗談に愛想笑いを返し、木戸番は菜箸《さいばし》を取る。

「お待たせしやした、旦那」

「おう、ありがとよ」

銭と引き換えに焼き芋を受け取り、早見は笑顔で歩き出す。

熱々の芋をくるんだ紙は、読み古しの瓦版。

刷り文字が移った皮をはがしながら、早見は嬉々としてかぶりつく。

歩きながら物を食べるのは行儀が悪いと承知の上だが、紙一重《ひとえ》の勝負を制して命を拾った今は特別。

「あー美味《うめ》ぇ……やっぱり甘《あめ》えもんはいいよなぁ……」

体の隅々まで染み渡る甘さと暖かさに、痛みも和らぐ思いの早見であった。

第一章　大関《おおぜき》菓子の罠

一

正月明けは、梅が見頃の時期である。

湯島と亀戸、そして武州《ぶしゅう》の谷保《やほ》村に鎮座する三大天神の社《やしろ》に限らず、江戸とその近郊には梅の木が数多い。

未だ寒さが厳しくても、あちこちから漂ってくる馥郁《ふくいく》たる香りを嗅《か》げば、自ずと気分も上向きになろうというものだ。

「梅は咲いたか桜はまだかいな、俺は花より菓子がいい……なーんてな」

手にした瓦版をひらひらさせて、早見兵馬は上機嫌で歩みを進める。

熨斗目の着物に半袴を穿《は》き、肩衣を着けた吟味方与力の装いだった。

昼日中から北町奉行所を抜け出して、やって来たのは品川宿《しながわじゅく》。

「あー、いい心持ちだぜぇ」

冷たい潮風が吹き寄せるのをものともせずに高輪《たかなわ》の大木戸を抜け、海に面した東海道をずんずんずんと進みゆく、足の運びは力強い。

凄腕《すごうで》の剣客との激闘を制した昨夜の疲れも抜けて、元気一杯の様子である。

「へっへっへっ、楽しみだなぁ」

嬉々として歩きながら、早見は瓦版を見やる。

載っていたのは、江戸で人気の菓子屋の番付。

下世話なネタが多い瓦版など日頃は読まぬ早見だが年に一度、菓子職人の番付が出るときだけは版元に押しかけて刷りたてをせしめ、隅々にまで目を通す。

今年の大関となったのは、早見が予想したとおりの名匠。

無類の甘味好きだけに一度ならず訪れたことはあるが、昨年の春から影の御用を仰せつかるようになって以来、表も裏も御用繁多で長らく顔を出せずにいた店である。しかし知らぬ間に新作の菓子が売り出され、早くも評判を取っていると書かれていては、仕事を放り出してでも足を運ばずにいられなかった。

「おう！　あれだあれだ。あれが噂のひとり大関、こがね屋だぜぇ！」

行く手に見えてきた看板を、早見は笑顔で指さす。六尺近い偉丈夫《いじょうふ》が手放しにはしゃぐ様は、まるで幼子《おさなご》のようだった。

「お〜い！　早くしねぇと売り切れちまうぜ〜！」

後ろに続く連れの面々に向き直り、早見は声を張り上げる。

「ったく、せっかちな野郎だぜ。女と違って菓子は逃げやしねぇってのに」

「致し方あるまいよ、おやじどの。知ってのとおり、あやつの甘味好きは幼き頃より度を越しておる故な……」

太鼓腹を揺すってぼやく小関孫兵衛に、神谷十郎は苦笑を返す。

目鼻立ちの整った顔は、どんな表情をしていても優美そのもの。

同じ八丁堀で生まれ育った早見とは手習い塾と剣術道場で席を同じくし、文武の修行に切磋琢磨《せっさたくま》してきた仲だけに、善《よ》いところも悪いところも元服前から知り抜いている。

その点は、二人の父親と歳が近い小関も同様だった。

「そういや木戸番小屋に毎日《めえにち》出入りしてはあんこ玉だの水飴《みずあめ》だの、甘ったらしい駄菓子を喰らっちゃ、口の周りをベタベタにしてたよな。死んだあいつの父御《ててご》も町方与力と申せど旗本格の士分の倅が困ったものだ、幾度《いくたび》注意をしても改まらぬと俺にしょっちゅう愚痴ってなすったよ」

「今も鶴子《つるこ》どのの目を盗んでは立ち寄って、堪能しておるらしい。辰馬《たつま》の手前もあろうに、いい歳をして呆れたものぞ……」

ぶつくさ言いつつ足を速める二人の傍《かたわ》らには、新平《しんぺい》と与七《よしち》の姿もあった。

早見が並外れた甘味好きなのは、共に承知の上である。

それにしても、大の大人が裃《かみしも》姿ではしゃぐ姿は滑稽すぎる。

「ははは、でっかい子どもだなぁ」

「しーっ。聞こえちまったら面倒ですぜ、若旦那」

声を上げて笑う新平を窘《たしな》めつつ、与七も吹き出すのを堪《こら》えていた。

そんな仲間たちの反応をよそに、早見は目当ての店の前でご満悦。

「へっへっへっ、どうにか間に合ったらしいなぁ」

満面の笑みを浮かべていたのは、

こがね焼きあります

と店先に貼り出されているのを目にした上でのことだった。

江戸で一番人気の菓子屋『こがね屋』が店を構えるのは、同じ品川宿でも高輪の大木戸の最寄り。徒歩《かち》新宿と呼ばれる一帯は亡き八代将軍の治世の下で整備が進み、東海道を下ってきた旅人が江戸入りする前に一泊し、旅の垢《あか》を落として身なりを改めることができるように、旅籠《はたご》や茶屋が設けられていた。

この先の北品川と南品川より近場とはいえ、やはり市中からは少々遠い。それでも評判の新作を味わうためならば、何程のこともなかった。

(できれば昨日のうちに足を運びたかったもんだが、生きるか死ぬかの大一番を前にして、浮かれちまうわけにもいかなかったからなぁ……ともあれ無事に来られて何よりだったぜ)

仲間たちが追いつくのを待ちながら、早見は微笑《ほほえ》む。

穏やかな視線の先では、暖簾《のれん》が潮風に揺れていた。

人気の菓子屋にしては、構えの小さな店である。

山の手の武家地でも下町の町人地でもなく、品川の宿場で商いをしているのも理由があってのことだった。

昨年に亡くなったこがね屋の創業者は駿河《するが》の生まれで、菓子の本場の京の都で腕を磨いて、名匠と呼ばれた職人。それでいて上方《かみがた》からの下《くだ》りものばかりを有難がる風潮を潔《いさぎよ》しとせず、将軍家のお膝元たる江戸で菓子を売り出して日の本《ひのもと》の津々浦々まで広めるために、海道一の匠《たくみ》となることを願って止まずにいた。

故に山の手も下町も敢えて避け、品川に店を構えたのだ。

品川は江戸の玄関口であると同時に、東海道でも随一の宿場町。ここで人気を得れば評判は旅人の口を介して、遠い京の都にまで伝わるに違いない――。

無謀とも思われた挑戦は吉と出て、こがね屋の名前は上方ばかりか、遠い四国や九州の地にまで鳴り響いている。江戸においての人気は言うに及ばず、店構えこそ先代の頃と変わらずこぢんまりとしたものだが、今や将軍や御台所《みだいどころ》が口にする菓子を納める、公儀御用達《ごようたし》となるに至っていた。

(名実ともに誰憚《はばか》ることのねぇ、海道一の菓子職人か……もしも権現《ごんげん》さまが生きておられたら、さぞお気に召されたこったろうぜ)

それは軽輩ながら直参《じきさん》である早見にとって、最大級の賛辞だった。

権現さまとは東照《とうしょう》大権現こと、徳川家康《いえやす》公のことである。

若き日に「海道一の弓取り」と呼ばれ、東国の僻地《へきち》にすぎなかった江戸に幕府を開いて栄えさせた家康公の姿と、町人ながら同じ駿河の生まれで江都《こうと》の繁栄に力を尽くした、こがね屋の先代の姿はどこか重なる。

町人ながら大した奴だと将軍家直参の旗本や御家人から評価され、お得意先に大小の武家屋敷が多いのも、頷《うなず》けることと言えよう。

とはいえ、誰もが嬉々として足を運ぶわけではない。

もとより大食いの小関や菓子に限らず美食を好む新平はともかく、同心部屋で書類作りに励んでいたのを無理やり連れて来られた神谷は、独りだけ渋い顔。店の前まで来たというのに眉根《まゆね》を寄せて、ご機嫌斜めなままでいた。

「どうした十郎、入《へえ》んなよ」

「俺は遠慮しておこう。表にて待っておる故、皆で楽しんで参れ」

仏頂面《ぶっちょうづら》で答える神谷の視線は、風に揺れる暖簾の中に向けられていた。

狭いながらも掃き清められた土間の向こうは板の間になっており、黒光りする床に置かれた漆塗《うるし》りの箱に、さまざまな菓子が盛り付けられている。

ねりきりなどの気取った茶の湯の席向けの菓子ばかりと思いきや、まんじゅうにだんご、餅《もち》菓子に蒸しようかんといった、市井《しせい》の民が好む甘味も豊富に取り揃えられている。江戸一番と評判の菓子匠《だくみ》が腕を振るったものだけに、どれも美味であるに違いなかった。

（おたみに買って参ろうか……いや。いかん、いかん）

思わず足が前に出そうになるのを、神谷は堪える。

両親の亡き後、八丁堀の組屋敷で独り暮らしの神谷は昨年から、二人の女中に日替わりで通い奉公をしてもらっている。

日本橋で指折りの呉服屋『八州屋《はっしゅうや》』の跡取りでありながら、捕物好きが高じて神谷の岡っ引きを務める新平が気を回し、差し向けてくれた女中たちはいずれも真面目で働き者。年嵩《としかさ》のおたみは武芸にも通じており、とりわけ頼りになる。

師走に八州屋で買ってやった着物を悪党に台無しにされてしまい、日頃の感謝を改めて形にしたいのはやまやまだったが、常に沈着冷静で笑顔を滅多に見せぬ彼女が、菓子など持たせたところで喜ぶとは考えがたい。

なまじ番付で一番人気の品などを持参しても、下心があってのことだと見透かされ、喜ばせるどころか鼻で笑われてしまうのではあるまいか――。

その気がないとは言い切れぬだけに、悩ましい。

そんな幼馴染《おさなな じ》みの葛藤《かっとう》を、早見は疾《と》うに見抜いていた。

「シケた面《つら》すんじゃねぇよ、十郎。たみさんの気を惹《ひ》きてぇんだろ？」

「ななな、何を言うか」

神谷はたちまち顔真っ赤。

「馬鹿を申すも大概にせい。お、俺は何も」

「へっ、恥ずかしがるこたぁねぇだろうが」

懸命に平静を装う神谷に、早見はさらりと告げる。

「噂の大関菓子を買って帰れば、きっと喜ぶだろうぜ。何しろ女ってのは流行《はや》りもんに弱いからな……あのたみさんだって、そういうとこは世間の女どもと同じに違いあるめぇよ」

「さ、左様なものなのか」

「へへへへへ、ようやくその気になったかい」

反応したのを見逃すことなく、早見は笑顔で畳みかけた。

「俺も鶴子と辰馬《たつま》の土産《みやげ》に包んでもらうから、お前さんもそうしなよ。とびきりの笑顔がきっと拝めるこったろうぜ。な？」

「そ……それもそうだな」

「話は決まったな。さぁ、おやじどのも入った入った」

「おう、待ってたぜ」

神谷が一歩踏み出すや、すかさず小関も後に続く。

店の前は、先程から黒山の人だかり。

こがね焼きを目当てに集まってきた客たちである。

狭い入口を塞いでいるのが町方役人と岡っ引きでは文句も言えず、みんな大人しく順番を待っていたが、どの者も焦《じ》れているのは一目瞭然。

同心ばかりか裃姿の与力まで一緒になって邪魔していては具合が悪いし、無類の甘味好きの早見といえども、じろじろ見られているのは照れくさい。

「新の字と与七も早くしな。後がつっかえてんだろうが！」

「はいはい」

「ご、御免なすって」

早見に急《せ》かされ、男たちはいそいそと暖簾を潜《くぐ》る。

気恥ずかしくも微笑ましい、新春の品川宿での一幕だった。

二

「いらっしゃいませ！」

掃除の行き届いた土間に足を踏み入れて早々《そうそう》、迎えてくれたのは女将《おかみ》の声。

声が綺麗《きれい》なばかりでなく、見た目も極め付きの別嬪《べっぴん》である。

すらりと背が高く、手足も長い上に胸と腰が豊かに張っている。

まさに小股の切れ上がった、いい女だ。

目鼻立ちは柔和《にゅうわ》で、何とも優しげ。華のお江戸で知らぬ者のいない名店の女将でありながら、気取ったところなど微塵《みじん》も感じさせはしなかった。

「遠いところをお越しいただき、ありがとうございます」

うっとりするような笑みを浮かべて、女将は早見たちの労をねぎらう。

裃姿が厳《いか》めしい町方与力に黒羽織と着流し姿の同心二人、さらには着物の尻を端折《はしょ》った岡っ引きの身なりが不釣合いな若者と、姿形こそ商家の手代だが何やら凄みを漂わせるお付きの者まで同行している、珍妙な一団に対しても愛想の良さは変わらない。

それどころか、女将は早見の名前まで覚えてくれていた。

「まぁ早見さま、お久しぶりでございますね」

「う、うむ」

答える早見は、どことなく照れくさげ。

「そなたも息災で何よりだな、女将」

「まぁ、しので結構でございますよ」

「そうは参らぬ。娘時分ならばいざ知らず、今は夫を持つ身であろう」

精悍《せいかん》な顔を赤くしながら早見は言った。

「瓦版の菓子番付を見て、久方ぶりに足を運んで参った。こがね焼きと申す清吉《せいきち》の新作、大層な評判だそうだな」

「はい、おかげさまで。うちの人が先代から受け継いだ口伝《くでん》が、ようやく形になりました」

「それは重畳《ちょうじょう》。日頃から共に働いておる者たちにも、ぜひ味わわせてやりとてな……今日は連れて参った故、よしなに頼む」

いつもの伝法な言葉遣いと違って、一言一句に至るまで折り目正しい。

愛妻家で子煩悩の早見といえども、これほどの美女を前にすれば緊張し、少々格好を付けたくなるのも無理はあるまい。

しのと名乗った女将は、そんな早見と終始笑顔で接していた。

もちろん、商売のことは忘れていない。

嫌みのない、明るい笑みを絶やすことなく、女将は早見に問いかける。

「皆さま、こがね焼きは初めてでございますか」

「さ、左様」

「それではお求めになられる前に、少し召し上がってみてくださいませ」

「か、構わぬのか?」

「はい、もちろんですとも」

売り物買い物の商いは何であれ、お愛想ばかりでは成り立たない。

美人で気さくな女将が人気を集めているものの、こがね屋が客に提供するのはあくまで菓子。その菓子を丹精込めて拵《こしら》える職人こそが店の主役であることを、おしのはもとより承知していた。

「皆さま、少々お待ちくださいましね」

しとやかに頭を下げると、おしのは速やかに奥へ引っ込む。

入れ替わりに出てきたのは、中年の無骨なあるじ。

まだ三十前のおしのとは一回りも歳が違う、四十絡みの男である。

小柄で風采《ふうさい》は上がらぬものの、がっしりした体付き。大きな両の瞳は見るからに意志が強そうであった。

「……いらっしゃいまし」

「よぉ清吉さん、しばらくだな」

「お久しぶりで……」

朴訥《ぼくとつ》な上に、口数も少なかった。

それでいて、手付きはまめまめしい。

まずは店に並べた焼き菓子をひとつ取り、竹べらで器用に切り分ける。

さく、さく、さく、さく。

これが噂のこがね焼きらしい。

「何だか妙な形ですねぇ。やけに薄っぺらいし、てかてかしてるし……」

「いいから、黙って見てなって」

怪訝《けげん》そうにつぶやく新平に、早見は笑顔で告げる。

清吉と呼んだあるじのことを、もとより信用しきっているのだ。

小声でやり取りをしている間に、清吉は手際よく菓子を五つに分けていた。

「遠慮なく頂戴するぜぇ、ご亭主」

懐紙に載せて差し出したのに、真っ先に手を伸ばしたのは小関。

「ずるいぜ、おやじどの。俺の馴染みの店だってのを忘れちゃいねぇかい？」

「こういうのは早いもん勝ちさね。ほれ、お前さんも早く取んな」

「ちっ、これじゃ誰が連れてきたか分かったもんじゃねぇや」

「左様に申すな。さればご亭主、頂戴いたすぞ」

小関に続き、神谷も手を伸ばす。

与七は二切れ取り、ひとつを新平に手渡した。

「若旦那、どうぞ」

「すまないね与七。それじゃご主人、遠慮なく」

黙って頷く清吉に微笑み返し、新平は菓子を口に運ぶ。

「お先にいただきますよ、旦那がた」

「おい新平、待てよ」

「まぁまぁまぁ、俺らもサクッと行こうじゃねぇか」

慌てる早見を宥《なだ》めつつ、小関も大口を開けて菓子に齧《かじ》り付く。

さくっ。

さくっ。

さくっ。

かぶりつく音が同時に聞こえた。

神谷と与七も思わず釣られ、手にした菓子に歯を立てた。

さくり。

さくり。

「む……」

「こいつぁイケやすぜ、神谷の旦那」

日頃は冷静な神谷と与七が、驚いた顔で視線を交わす。

それは唐土《もろこし》の餅《ピン》に似た、噛《か》む音も軽やかな一品だった。

こしあんを包んで焼き上げた生地まで、ほんのり甘い。

それでいてくどさはなく、甘味が苦手な二人の舌にも心地いい。

「何とも肌理《きめ》が細かいな……よほど手間をかけねば、こうはなるまいぞ」

「あんこもよく練ってありますぜ。あっしも甘いもんが苦手なのは旦那とご同様でござんすが、こんなにすんなり口に入《へえ》ったのは初めてでさ」

「うむ……まことに妙《たえ》なる味ぞ……」

甘味嫌いの二人が思わず感心せずにいられぬほど、その焼き菓子は見事な出来映えであった。

この時代、ふくらし粉を用いる技術はまだ存在しない。

自然に発酵《はっこう》させるのに時がかかるため、小麦粉に水を加えた生地にこしあんを包んで丹念に折り畳むことにより、西洋のパイ菓子風に幾重《いくえ》も層を作って表面はかりっと、中はふんわりと焼き上げてある。

それだけならば菓子に詳しくない神谷と与七はともかく、少年の頃から東西のさまざまな菓子を食べ尽くしている早見と大食いの小関、そして若いながらも舌が肥えている新平を驚かせるまでには至らなかったことだろう。

三人を瞠目《どうもく》させたのは、菓子の表面を彩る黄金色《こがね》の輝き。見映えをよくしているだけではなく、とろりと甘い。

この絶妙なとろみを帯びた上掛けにより、同じ焼き菓子でも長崎渡りのカステイラとまるで違う、絶妙な味わいが醸《かも》し出されていたのである。

「このとろとろは……卵の黄身で拵《こしら》えたのかい？」

早見の問いかけに、清吉は言葉少なに頷くのみ。

「まぁ、そんなところで」

口数こそ少ないが、腕は本物。

この男、とことん職人気質《かたぎ》であるらしい。

もとより秘伝の技ならば明かすはずもあるまいし、御用にした悪党の取り調べでもないのに詮索《せんさく》するのは野暮であろう。

「美味《うめ》ぇ、美味ぇ」

「うむ、うむ……」

小関と神谷に続き、新平と与七も夢中で菓子を平らげた。

「あー、美味《おい》しかったねぇ」

「へい。こんな結構なもんを頂戴したのは生まれて初めてのことで……」

無邪気な笑みを浮かべる新平に、与七は真顔で頷き返す。

この与七、ただの手代ではない。

若いながらも腕の立つ盗っ人だったのが、縁あって八州屋のあるじの勢蔵《せいぞう》の目に叶《かな》い、手代として働きながらいつも新平を護《まも》っている。昔取った杵柄《きねづか》の盗みの技と短刀を振るう腕の冴えは早見たちも認めるほどで、影の御用に今や欠かせぬ力となっていた。

本来ならば甘いものが欲しい盛りの幼い頃から、世間の汚い裏を嫌と言うほど見て育った与七が素直に褒《ほ》めたくなるほどの魅力が、この菓子にはあるらしい。

「ほんとに美味かったなぁ……これならお奉行も大いに喜ばれるこったろうぜ」

「間違いあるめぇよ。どれ、俺も一丁奮発して敏江《としえ》さんに買ってってくとしようか」

仲間たちの反応を横目に、早見と小関は満足そうに笑みを交わし合う。

そこにおしのが再び姿を見せた。

白魚《しらうお》の如き指で捧げ持ったお盆には、小ぶりの茶碗が五つ。

「粗茶でございますが、どうぞお口直しをなさいませ」

「かっちけねぇ、いただくぜぇ」

早見を皮切りに次々と、男たちは湯気の立つ茶碗を受け取った。

菓子屋で試食をする折に供される茶は、小さな碗で出てくるのが常。それでもひと口啜《すす》れば味は分かるし、舌の肥えた新平にとっては尚のことである。

「これは権現さまのお膝元の駿河茶……それも極上物ですね、小関の旦那」

「ほんとかい？　なかなかいい香りなのは、分かるけどよぉ」

「茶葉の目方の加減と蒸らしが違うのです。これは玄人《くろうと》はだしですよ」

「へぇ……うん、こいつぁたしかに美味ぇや」

新平のつぶやきに頷きながら、小関は底に残った茶葉まで残さず飲み干す。

詳しいことはピンと来ないが、香りも味も申し分ない。

こがね屋のあるじ夫婦のもてなしは、隅々まで行き届いたものだった。

三

早見たちがほっこりしている間にも、客はひっきりなしに訪れていた。

「いらっしゃいませ！」

おしのは明るい笑みで迎えては、手際よく茶を注いで配る。

一方の清吉は抱えの職人たちに指示を出し、奥の作業場から運ばれてくる菓子を店頭に並べる一方で、試食を用意するのにも余念がない。

息の合った働きぶりは、見ているだけで気持ちがいい。

おしどり夫婦は、注文をさばく手際も見事であった。

「女将さん、こがね焼きを二つ包んで頂戴」

「あたしは三つ！　三つだよっ！」

「おいらにもひとつおくれ！　おあしはちゃんともってきたよ！」

「はい、ありがとうございます」

口々に注文をする老若男女におしのは笑顔で答え、清吉が包んでくれたのを銭と引き換えに、一文《いちもん》の狂いもなく渡していく。

老若男女が求める菓子はさまざまだったが、やはり一番人気はこがね焼き。

焼き上げる端から売れていき、早くも残りわずかとなっていた。

「親方、これで終《しま》いでございやす」

「ご苦労さん」

職人が奥から持ってきたのを受け取り、清吉は早見たちの分を包みにかかる。

早見には依田への土産を含めて二包み。

小関と神谷、新平にはそれぞれ一包み。

焼きたてのこがね焼きは見る間になくなり、後に残ったのはひとつきり。

「お前さんはいいのかい、与七？」

「そうですねぇ……残り物に福ありと言いやすし、キリよく包んでもらうとしましょうかね」

促す新平に微笑み返し、与七は懐から巾着《きんちゃく》を取り出す。

そこに訪《おとな》いを入れる声が聞こえてきた。

「御免……」

暖簾を潜って姿を見せたのは、妻子連れの武士。

歳は早見や神谷と同様、三十前と見受けられる。

羽織も袴も粗末な木綿物で大小の刀も古びているが、だらしなく落とし差しにすることなく、鞘《さや》が平行になるように閂《かんぬき》にして帯びていた。

羽織袴をきちんと着けて二刀をたばさみ、月代《さかやき》を剃っていることから察するに浪人ではなく、微禄の御家人と思われた。

「いらっしゃいませ、お武家さま」

「邪魔をいたす」

武士は言葉少なに答えて会釈《えしゃく》を返す。胸を張り、腰まで曲げずに頭だけ軽く傾けるしぐさには、見た目に反して威厳が備わっていた。

それでいて直参にありがちな、傲慢《ごうまん》さは微塵も感じさせない。

連れの妻女も夫に倣《なら》い、無言でおしのに頭を下げる。

揃って地味でありながら、折り目正しい夫婦だった。

とりわけ小関の目を惹いたのは、母親と手を繋《つな》いだ五歳ばかりの女の子。

頰がまるみを帯びており、両の瞳がくりっとしていて愛くるしい。

身なりこそ両親と同様に質素なものだが一目見れば躾《しつけ》が行き届いており、可愛らしいだけではなく利発と分かる。

女の子は美味しそうな菓子がずらりと並んでいるのを前にしながら、はしゃぐことなくお利口にしていた。

日頃から厳しく躾けられていなくては、このようには振る舞えまい。

澄んだ瞳で興味深げに、形もさまざまなねりきりを眺める様が微笑ましい。

茶菓子とは、見ているだけでも楽しいものだ。

年が改まり、暦の上で春を迎えた茶席において供されるのは、彩りも上品に松や梅など象《かたど》った縁起物のねりきりである。

この真面目そうな御家人一家も、そんな茶菓子を求めに来たのだろうか。

「お武家さま、何を差し上げましょうか」

こがね焼きを包みかけた手を止めて、清吉が呼びかけた。いつも黙々と作業をするばかりで接客は女房任せにしているのに、珍しいことである。

応じて、武士は遠慮がちに告げてきた。

「その……近頃流行りのこがね焼きを、ひとつ所望したいのだが」

「こがね焼きでございますか」

清吉が当惑したのも、無理はあるまい。

日頃は甘味を好まぬ与七が買って帰る気になり、最後のひとつを銭と引き換えに受け取ろうとしていた矢先に訪れるとは、間が悪い。今日のところは詫びた上で他の菓子を勧めるか、日を改めて来てもらうより他になかった。

「……お武家さま」

迷った末に清吉が口を開いた刹那《せつな》、与七がおもむろに話に割り込んできた。

「ご亭主、すまねぇが今日はこれでお暇《いとま》させてくんな」

巾着はすでに紐《ひも》を巻き直し、懐中に戻した後だった。

もちろん、銭はまだ一文も渡していない。

「お客さま？」

「与七、急にどうしたんだい」

戸惑う清吉に続いて、新平が怪訝そうに問いかける。

構うことなく、与七は告げる。

「そろそろ仕事にかからなくちゃぃいけねぇ頃合いですぜ、若旦那」

「えっ？」

「嫌だなぁ、もうお忘れになったんですかい。どうせ品川まで出張《でば》るんだったら羽振りの良さそうな旅籠に顔を出して、反物《たんもの》のご用聞きをしておいでってって大旦那から仰せつかったじゃありやせんか」

「おとっつぁんが、そんなことを？　うーん、言われた覚えはないけどねぇ」

「やれやれ、案の定でござんしたかい……」

苦笑しながら、与七は新平の腕を取った。

「な、何をしようってんだい」

「決まってまさぁ、宿場町のご用聞きですよ」

「ま、待っとくれ。私にはまだ、神谷の旦那の御用があるんだよ」

「今日はもうよろしいじゃありやせんか。若いうちは好きなことに血道を上げるのもいいけれど、肝心の家業を疎《おろそ》かにしちゃいけないよって大旦那も常々仰せでござんしょう」

「そ、それはそうだけど……」

「日が暮れちまう前に済ませますぜ。それじゃ、どちらさんもご免なすって」

有無を言わせず新平の先に立ち、暖簾を割って出て行くしぐさはさりげない。

それは御家人一家のため、与七なりに気を使った行動だった。

自分さえ買うのを思いとどまれば、こがね焼きはひとつ余る。

後は売るなり試食させるなり、清吉の好きにしてくれればいい――。

他人に構うのを好まない与七らしからぬ、実に珍しいことであった。

盗っ人あがりの若者は、もとより大の武士嫌い。早見たちばかりか依田にさえ最初は素直に従わず、刃《やいば》を向けるほどだった。

今もこがね焼きを所望したのが傲慢な大身《たいしん》旗本の類《たぐい》であれば、最後のひとつを譲るどころか包ませもせず、目の前で見せつけながら平らげていただろう。

らしからぬ気遣いは、御家人一家を好もしいと見なせばこそのことなのだ。

「へへっ、存外にいいとこがあるじゃねぇか」

「まことだな。新平は訳も分からずに連れて行かれたようだが……」

「まぁ、乳母日傘《おんばひがさ》のお坊っちゃんってのはそういうもんさね」

「うむ。それがあやつの善きところでもある故な」

早見と神谷は声を潜め、言葉を交わしながら微笑み合う。

一方の小関は独り、目を細めていた。

女の子がまるい瞳を輝かせ、清吉の手元を見守っている。

夫婦の分はやや大きめに、女の子の分を小さめにしたのは相手を折り目正しい武家と見なし、居合わせた人々の目を気にすることなく、ひと口で食べてもらうための配慮であった。

「どうぞ試しにお召し上がりくださいまし」

「構わぬのか、亭主」

「もちろんでございます」

戸惑う武士に呼びかける、清吉の口調はさりげない。

「もとよりお金《あし》は結構にございます。お気に召しましたら、またお運びになってくださいませ」

「左様か。されば遠慮のう、頂戴いたすぞ」

威厳を崩すことなく答えながらも、武士はどことなく安堵《あんど》した様子。

菓子ひとつとはいえ、安くはない買い物をせずに済んで助かったのだろう。もしも与七がお代を払った上で譲ろうとしたり、小関が子ども可愛さに分けてやろうとしたら、頑として拒まれたに違いない。

身なりこそみすぼらしいものの、この一家には直参の矜持《きょうじ》が備わっている。与七はそこまで察しを付け、押し付けがましい振る舞いを避けたのだ。

「さ、どうぞ」

笑顔で菓子を差し出す清吉に続き、おしのも茶を淹《い》れてきた。

「かたじけない」

きちんと感謝の意を述べた上で、武士は妻子に向き直る。

「ご亭主より頂戴いたした。そなたたちも礼を申せ」

「かたじけのう存じます」

「おじちゃん、おばちゃん、ありがとう」

一礼する母親に続いて、女の子もぺこりと頭を下げた。

礼儀正しくも微笑ましい様に、小関は更《さら》に目を細めずにはいられない。

一方の早見と神谷は揃って背を向け、埒《らち》も無いことを語り合っていた。

「ところで十郎、おとみさんに土産はいいのかい？」

「それは俺も気になっておった。明日はおたみに代わって参る故な、何ぞ買《こ》うておかねばなるまい」

「あんな可愛い顔をしてるけど、結構な大食いだしなぁ」

「うむ。いつもどんぶり飯を平気な顔で平らげておるな」

「ああいう娘《こ》には名よりも実《じつ》だぜ。売り切れちまったもんは仕方ねぇし、こがね焼きが掛け値抜きに美味かったのは濁しておいて、食い応えのあるまんじゅうか餅菓子でも、山ほど買っていくがよかろうよ」

「相分かった。されば兵馬、すまぬが少々都合してくれ」

「おいおい、知恵だけじゃなく銭まで借りようってのかい？」

「致し方なかろう。先ほどの払いで、手持ちはすべて遣《つこ》うてしもうた故な」

「やれやれ、おたみさんのために有り金ぜんぶはたいたのかよ……ったく、思い込んだら一本気なのはガキの頃から変わらねぇなぁ」

苦笑しながらも嫌がることなく、早見は袂《たもと》を探る。

と、背中越しに何やら割れる音が聞こえた。

がちゃん!!

試食中の御家人夫婦が茶碗を取り落としたらしい。

続いて耳に飛び込んできたのは、異様な声。

「ぐ……」

「ううううう……」

同時に振り向いた二人の目に映ったのは、喉《のど》を掻《か》きむしりながらのたうち回る御家人夫婦の姿であった。

傍らに割れた茶碗が転がり、土間が濡れている。供されたこがね焼きを余さず平らげ、茶を飲もうとしたとたんに苦しみ出したのだ。

一人残った女の子は、折しもひと口齧ったところ。

小関は駆け寄りざまに一喝浴びせていた。

「食うな！」

びくっとしたのを抱え込み、太い指で懸命に口をこじ開けて吐き出させる。

「何としたのだ⁉　おぬしたち、しっかりせい‼」

「おい！　目ェ開けろぃ！　おい‼」

神谷と早見の呼びかけも空《むな》しく、両親《ふたおや》は断末魔の呻《うめ》きを漏らして息絶えた。

訳が分からぬまま、清吉とおしのは茫然《ぼうぜん》と立ち尽くしている。

白昼の名店を襲った惨劇は、まったく予期せぬものであった。

四

取り急ぎ早見は品川宿の役人に応援を頼んだ上で、駿馬《しゅんめ》を一頭用意させた。

「この野郎、無理は承知の上だって言ってんだろうが！　この子を生かしてやりたかったら四の五《しのごの》の吐《ぬ》かさず、イキのいい馬を引いてきやがれ!!」

そう言って宿場役人を脅し付け、本来は幕府が京大坂と急ぎの連絡を取り合うために飼われている、問屋場《といやば》の伝馬《てんま》を借り受けたのだ。

武家の職制はすべて合戦を想定したものであり、与力は騎馬武者として陣頭で指揮を取る立場。同心は有事には足軽として働くため、小関と神谷はもとより馬など乗れぬが、早見は違う。

「ヤー！　ヤー!!」

幼子を落とさぬように支えつつ、駿馬を飛ばした先は浜町河岸の診療所。

事情を聞いた彩香は診察待ちの患者を全員帰すと、女の子を運び込ませた。

近所でかかりつけの患者たちならいつでも診れるが、急患はそうはいかない。

年端《としは》もいかない子どもとあれば、余計に放ってはおけなかった。

「そのこがね焼きとやらは、もはや胃の腑に残ってはおらぬのですね」

「ああ。おやじどのがその場で何遍《なんべん》も水を飲ませて、ぜんぶ吐かせちまったよ」

彩香が念を押すのに答えつつ、早見は女の子を台に横たわらせる。馬上で気を失ったまま、小さな体をぐったりさせている様が痛々しい。

「退《ど》いてくだされ、早見さま」

「頼むぜぇ、先生」

焼酎《しょうちゅう》で手を洗った彩香と入れ替わり、早見は黙って診察を見守る。

速やかに診終えた彩香は、眉《まゆ》ひとつ動かすことなく早見に告げた。

「小関さまのご処置が的確だったのでございましょう。今のところ、命に別状はありませぬ」

「そうかい……両親は気の毒しちまったが、不幸中の幸いだったな」

「されど早見さま、まだ油断はできませぬよ」

「どういうこったい、先生？」

「この子が盛られたのは附子《ぶし》と申す、鳥兜《とりかぶと》の子株から得られる猛毒です。胃の腑を空《から》にしたとは申せど微量ながら唾《つば》と混じって嚥下《えんげ》され、五体の隅々にまで張り巡らされし血の管《くだ》を、すでに流れておることでしょう」

「それじゃ、もう手遅れだって言うのかい⁉」

「心の臓まで毒が達すれば遠からず、気の毒なれど命取りとなりましょう。幼き身なれば尚のこと、予断を許しませぬ」

「何てこったい……」

早見は唇を噛み締める。

しかし、今は嘆き悲しんでなどいられない。

助かる見込みが少しでもあるのならば、決して諦《あきら》めてはなるまい。

なればこそ無理を通して馬を借り、彩香の許《もと》まで連れて来たのだ。

影の御用の仲間の彩香は漢方の名医であると同時に、巧みに毒を用いて悪党を始末し、あるいは体調を崩させるのを得意とする。

毒物の調合に慣れた者は、解毒する術《すべ》にも長《た》けている。

他の医者では手に余っても、彩香ならば何とかできるはずだ——。

「このとおりだ、先生。両親を一遍に亡くしちまったこの子の命、何とか助けてやってくんな！」

真摯《しんし》な面持ちで告げながら、早見は深々と頭を下げる。

「心得ました。力を尽くさせていただきます」

言葉少なに答えるや、彩香は女の子に向き直った。

色白のきりっとした顔に、表情はない。今は目の前に横たわる小さな患者の命を救うため、毒を抜くことに集中するのみだった。

女の子を彩香に任せた早見は、すぐさま品川宿まで取って返した。

「すまなかったな。こいつぁ少ねぇが、目こぼし料の代わりに納めてくんな」

見て見ぬ振りをしてくれた宿場役人たちに謝意を示し、謹《つつし》んで馬を返した上で駆け付けたのは、清吉が連れて行かれた南茅場町《みなみかやばちょう》の調番屋《しらべばんや》。

時代が下って大番屋《おおばんや》と呼ばれるに至った、仮牢付きの施設である。

小伝馬町《こでんまちょう》の牢屋敷と違うのは、後の世の書類送検に当たる入牢証文《じゅろうしょうもん》の手続きを待つことなく咎人《とがにん》を留め置いて、取り調べるのが可能なところ。

留置も尋問も現場の与力と同心の判断に委ねられているとはいえ、清吉を連行したのは明らかな越権行為であった。

宿場町は道中奉行の管轄下に置かれており、起きた事件は宿場役人が取り調べに当たるため、町方役人には関与ができない決まり。

評判の大関菓子に毒を仕込んだと疑われ、身柄を拘束された清吉も本来ならば品川宿から一歩も出られぬところだったが、小関と神谷は現場に居合わせたのは自分たちであると言い張って、強引に連行したのだ。

幼い命を救いたい一念で早見が馬を借り出したのとは、事情が違う。

調番屋は与力や同心が捕らえた者を単独で尋問し、罪状を固めた上で町奉行に入牢証文の発行を申請して、小伝馬町送りにする手続きを踏む場所だ。支配違いでありながら調番屋に連行するのはただの越権行為ではなく、手柄の横取りにも等しいのである。

悪くしか受け取られないであろうことは、もとより小関も神谷も承知の上。

宿場役人の訴えを聞いた道中奉行が北町奉行に苦情を入れ、理解のある依田はともかく、直属の上役の筆頭同心から厳しい叱りを受ける羽目となるに違いないのも分かっている。それでも強《し》いて連行したのは、何とか命だけでも救ってやりたいと願うが故のことだった。

このまま下手人《げしゅにん》に仕立て上げられれば、清吉は間違いなく死罪に処される。

毒を用いて無辜《むこ》の者を死に至らしめただけでも罪深いのに、絶命したのは微禄とはいえ、歴《れっき》とした御家人夫婦。しかも幼い一人娘まで毒牙に掛けたとあっては首を打たれるだけでは済まされまい。

救いようのない外道がやったことなら、小関も神谷も好きこのんで介入したりはしなかった。江戸一番の菓子匠と呼ぶにふさわしい、真摯な職人が心ならずも引き起こした事件であるが故、横紙《よこがみ》破りと承知でやらずにいられなかったのだ。

このままでは清吉は市中引き回しの上で、獄門にされてしまう。あくまで過失だったことにして依田に情状酌量《しやくりよう》を乞い、どうにか島流しで済むようにさせてやりたい。

本当に毒を盛ったのならば是非もあるまいが、清吉には罪なき一家を殺害する理由など有りはしないのだ。

何かの間違いなのか、あるいは何者かに陥れられたのか——。

いずれにせよ、放ってはおけない。

後から処分を受けるとしても、今は後悔をしたくはなかった。

早見が南茅場町の調番屋に駆け込んだとき、早くも日は暮れかけていた。

江戸市中では日没後に馬を走らせることが禁じられているため、どのみち徒歩で来るしかなかったのである。

「よぉ、待たせたな……」

「大儀《たいぎ》であったな、兵馬」

息を乱した早見を小声でねぎらい、神谷は障子戸をそっと閉める。

常駐しているはずの役人と小者たちの姿は見当たらない。

清吉を連行して早々に、小関が人払いをしておいたのだ。

その小関は奥で独り、清吉の尋問中。

収監した仮牢に自らも入り、面と向かって話をしていた。

しかし聞こえてくる声から察するに、調べは進んでいないらしい。

「なぁ頼むぜ、俺にだけは本当のことを言ってくんな」

「ですから何遍も申し上げているのではありませぬか！　私は断じてお客さまに毒など盛ってはおりません！」

「そんなこたぁ俺だって分かってるよ。何かの弾みで紛れ込んだんだろ？」

「それも心当たりはございませぬ！　こがね焼きは私が仕込みからすべて独りでこなしておりますす故、間違っても有り得ぬことです！」

「そう言うばかりじゃ埒が明かねぇんだよ。御上《おかみ》にだってお慈悲はあるんだから素直に認めちゃくれねぇかい。なぁ？」

「何と申されるのですか、お役人さま！　毒が紛れ込むなど、本当に有り得ないことなのです！　どうか信じてやってくださいまし！」

切々と訴えかける清吉の口調は、悲鳴にも似ていた。

人の口に入るものを扱う身でありながら本当に悪事に手を染め、死人を出して喜ぶ鬼畜であれば、ここまで悲痛な声は出せまい。

悪党は芝居をするのもお手の物だが、少なくとも清吉は違う。

この実直な菓子職人は、やはり無実と見なすべきだろう。

しかし、身の潔白を証明する手だては皆無であった。

こがね焼きは、他の職人にはまず作れぬ菓子だ。

繁盛している店の常として幾人も抱えていながら手を出させず、作り方を絶対に教えようとしないまま、今に至っているという。

名人としてのこだわりが、裏目に出てしまったのだ。

早見と神谷は痛ましげな面持ちで、黙って耳を傾けることしかできずにいる。

「なぁ清吉さん、頼むよ……」

「私こそ伏してお願い申し上げます！　どうかここから出してくださいまし！」

一向に埒が明かぬまま、時ばかりが過ぎてゆく。

明かり取りの窓から射していた夕日が消えるや、ふっと辺りが暗くなる。

「お願い申し上げます、お役人さま！　どうか私をここから出してください！」

悲痛な叫びは、まだ止まない。

「私が居《お》らねば、こがね屋は一日とて立ち行きませぬ！　後生《ごしょう》でございますのでどうか帰してやってください！　私の菓子を待っていてくださる皆さまのために腕を振るわせてくださいまし！」

清吉は骨の髄《ずい》まで職人だった。

こんな立場に置かれていながら、店と客のことばかりを案じているのだ。

非業《ひごう》の死を遂げた御家人夫婦に対しても、責任を感じずにいたわけではない。

「あの方々にも償《つぐな》いをさせていただかなくてはなりません！　お役人さま、私をどうかお解き放ちくださいまし！」

「うーん、困ったなぁ」

白髪の目立つ頭を掻きながらも辛抱強く、小関は問いかけた。

「弔《とむら》いをしてぇ気持ちはよく分かるけどよ、そもそもお前さんの菓子を口にしたせいで二人も命を落としているのだぜ？　そのことを、まずは料簡《りょうけん》してくんな」

「……もとより申し訳ない限りにございます」

「だったら素直に認めてくんな。お前さんも気付かねぇうちに、何かの手違いで菓子に毒が入り込んじまったんだろう」

「そんなことなど絶対にありませぬ！」

「それじゃ話にならねぇんだよ、清吉さん……」

小関は重ねて問いかけた。

「くどいようだが、お前さんの店《とこ》じゃ菓子の彩りにも味付けにも、毒になるもんは一切扱っちゃいなかったってのかい」

「当たり前でございましょう！　私どもは人さまのお口に入る品を商う身なのでございますよ！」

「だったらどうして、よりにもよって一番人気の菓子に毒が入っていたんだい」

「それが皆目《かいもく》分かりませぬ故、途方に暮れておるのです。どうして、あのようなことになってしまったのか……ただただ、亡くなられたお武家さまとお内儀さまには本当に、申し訳ない限りにございます……」

つぶやく口調からは、悔恨《かいこん》の念がありありと感じ取れる。

声を聞いているだけでも、偽りを並べ立てているとは思えない。

そうは言っても、肝心の証拠が何もないのだ。

せめて誰が毒を仕込んだのか、心当たりがありさえすれば清吉ばかりが責めを負う必要はなくなり、罪も軽くしてやれるはず。

しかしこのままでは埒が明かず、何とか助けてやりたいのに、時はいたずらに過ぎるばかりだ。

「小関の旦那ぁ、そのぐれぇになすったらどうですかい？」

早見と神谷の耳に、とぼけた声が聞こえてきた。

どうやら清吉の他にも、収監されていた者が居るらしい。

「あのだみ声は、巾着切りの伝次《でんじ》だな……」

「あやつを存じておるのか、兵馬」

「ああ。最初にお縄にしてやったのは、この俺だからな」

苦笑しながら早見は言った。

「掏摸《すり》は三遍までは御用にされてもお目こぼしをされるのが御定法《ごじょうほう》だが、四度目からはそうはいかねぇ。あの野郎、とうとう土壇場《どたんば》送りか」

「たわけ。縁起でもないことを申すでない」

神谷にすかさず窘《たしな》められ、早見は押し黙る。

土壇場とは小伝馬町の牢屋敷に設けられた、首斬り場のことである。

このまま証《あか》しが立たなければ、清吉はいずれ牢屋敷に身柄《みがら》を移されてしまう。

小関と神谷が幾ら拒み通し、早見が口添えしたところで、道中奉行から圧力を掛けられればどうにもなるまい。依田としても入牢の手続きを取った上で、しかるべき裁きを下さざるを得ないことだろう。

同房の掏摸ともども、死罪となるのを黙って見ているしかないのか。

暗がりの中、己の無力さを噛み締めるばかりの早見と神谷であった。

五

一夜が明けて、清吉の置かれた状況は更に悪くなった。

彩香が即座に見抜いたとおり、宿場役人が回収したこがね焼きから附子が検出されたのである。女の子が吐き出したかけらはもとより、早見たちの土産の包みもすべて取り上げられていた。

一晩かけて調べられ、猛毒が仕込まれていると判明したのは合わせて三つ。

御家人一家が口にしたものとは別に、神谷と新平が包んでもらったこがね焼きにも混入していたのだ。

その場で包みごと宿場役人に取り上げられた神谷はともかく、先に帰った新平は危ないところだったらしい。

「うちのおとっつぁんは、ほんとに運がいい人ですよ。すんでのところで与七が取り上げてくれたからよかったものの、あと少しで大口開いてかぶりついちまうところだったんですから」

「左様であったか。それは不幸中の幸いだったの……」

答える神谷は上の空。

行商人に身をやつしての市中探索の合間に新平に誘われ、おふゆの働く両国《りょうごく》の茶店で一服しながらも、気分はまったく晴れぬ様子。

「しっかりしなよ、神谷の旦那」

心配そうに呼びかけたのは、茶のお代わりを運んできたおふゆ。

すでに新平から事情を聞かされ、昨日の顚末《てんまつ》も承知の上だった。

「小関の旦那は今日も茅場町なんだろう？　行ってあげなくてもいいのかい」

「いや……どうにもいたたまれなくてな」

横を向いたまま答える、神谷の顔色は冴えぬまま。

なまじ端整な顔立ちをしているだけに、痛々しい限りであった。

御用に身が入らぬのは、奉行所に居た早見も同じ。

外回りの役目である神谷と違って内勤のため、ぼーっとしていれば嫌でも上役の目に付いてしまう。

「何をしておるのか、早見！」

吟味方の用部屋に戻ってくるなり、雷を落としたのは格上の与力。

常にも増してとげとげしいのは今し方、道中奉行から苦情が寄せられたばかりだからであった。すでに依田が登城していたため、代わりに散々文句を言われた直後とあっては面白くないのも無理はあるまい。

「同席せいと申し付けたにも拘《かか》わらず、厠《かわや》に籠《こも》っておったとは何事か？　子どもでもあるまいに、恥を知れっ」

「申し訳ありませぬ。朝から腹を下しておりまして……」

詫びる早見の顔色は、見るからに悪かった。

厠に行くと偽って用部屋を抜け出し、依田から影の御用を承《うけたまわ》るのはいつものことだが、こたびばかりは芝居ではなく本当の下り腹。

清吉をどうにもしてやれぬばかりか、助けた女の子の容態も芳《かんば》しくないために心労が募《つの》っていたのである。

説教されている間に、またしても腹が痛くなってきた。

「何としたのじゃ、おぬし？」

「し……失礼をつかまつります……」

よろめきながら早見は立ち上がる。

と、そこに廊下を走る音。

駆け付けたのは玄関番の小者であった。

「は、早見さま、一大事にございます！」

「何としたのじゃ、騒々しい」

早見に代わって、格上の与力が憮然《ぶぜん》と答える。

当の早見は耳を傾ける余裕もなく、厠を目指すので精一杯。

よろめく足が止まったのは、背後から思わぬやり取りが聞こえた刹那《せつな》。

「何っ、こがね屋のあるじが自害しただと!?」

「茅場町から知らせがありました。つい今し方、首を吊ったそうで……」

もはや、便意をもよおしているどころではなかった。


早見が駆け付けると、神谷と新平も姿を見せていた。

神谷が北町の隠密廻同心なのは、調番屋の役人と小者たちも承知の上。町人を装ったままでいても足止めされず、奥の仮牢まで通されたのだ。

牢格子の前では、小関が肩を落として立ち尽くしていた。

「面目《めんぼく》ねぇ……ちょいとひと眠りしに八丁堀まで引き揚げた隙に、こんなことになっちまって……」

悔いる小関の傍らでは、清吉が物言わぬ姿となって横たわっている。

首の周りが鬱血《うっけつ》した跡は幅広い。

解いた帯を縄代わりに、天井の梁《はり》からぶら下がったのだ。

同じ牢に居た掏摸は、調番屋詰めの役人に責め立てられていた。

「伝次っ、うぬは何故《なにゆえ》に止めなんだのか！　一晩共に居りながら、清吉の様子がおかしいのに気付かずにおったとは言わせぬぞ!!」

「うるせぇなぁ……ゆんべからずっと死にたい死にたいって言ってんのを、邪魔しちゃ悪いと思ったんだよ。ああいうときはひと思いにさせてやんのが人情ってもんだろうが?」

「こやつ、愚弄《ぐろう》いたすかっ」

減らず口を叩くのを、役人は張り飛ばす。悔やむばかりの小関は当てにならぬと見なし、自ら始末を付けようと懸命だった。

躍起になるのも無理はあるまい。

小者たちと違って、彼らには責任があるからだ。

「はきと申せ、清吉は何を言うておった？　まさか世迷言《よまいごと》だけではあるまい！」

「しつけぇなぁ。女みてぇにメソメソ泣いたり、愚痴ってただけだって」

「左様なことはなかろう！　客を相手に附子の効き目を試した上で、更なる悪事を企てておったに違いあるまいぞ！　あやつはその気になれば畏《おそ》れ多くも上様のお口に入れ奉《たてまつ》る御菓子に毒を仕込み、御命を頂戴することも為し得る身であったのだからな！　言え、言うのだっ!!」

いきり立った役人は、続けざまに伝次を殴り付ける。

しかし、名うての掏摸の面《つら》の皮は厚い。

一向に堪《こた》えぬばかりか、牢格子越しに早見をチラチラ見やる余裕さえある。

無言で視線を交わした刹那、すっと早見は前に出た。

「おやじどの、すまねぇな」

うなだれている小関を押し退《の》け、牢の中に入り込む。

「早見さま？」

「もういいだろ。そのぐれぇで勘弁してやんな」

「さ、されど」

「いいからお前さんはひとっ走り、こがね屋まで行ってきてくんねぇか」

「し、品川まで参れとの仰せですか⁉」

「死んじまったら咎人《とがにん》も仏だ。身内に知らせてやらなきゃなるめぇ」

「困ります。まだ、お調べがございます故……」

「与力の俺がわざわざ出張ってきたんだ。後のことは任せておきな」

「されど、このままでは」

「こちとら吟味方なのだぜ？　それともお前、俺が若造だからって舐《な》めてんのか」

「め、滅相もありませぬ」

「だったら早いとこ行ってきな。こちとら気が短《みじけ》えんだよ」

「し、承知つかまつりました！」

もはや一言も逆らえず、だっと役人は牢から走り出る。

それを尻目に、早見は牢格子の向こうから小者たちに一言告げる。

「お前たちはひとっ走り、線香を買ってきな」

「何をおっしゃるんですかい、早見の旦那。どうせすぐに身内に引き取らせるんなら、そんなもんをいちいち焚《た》かなくっても……」

「うるせぇ。仏を粗末に扱うと罰が当たるぞ」

「す、すみやせん」

「ほれ、銭は俺が出してやらぁ」

有無を言わせず銭を投げつけ、早見はまとめて小者を追い出す。

強引なのは、百も承知の上である。

取るに足らない連中とはいえ、これから大事な話をしようというのに聞き耳を立てられては困るのだ。

「よぉ伝次、しばらくだったな」

「けっ。来るのが遅いぜ、くそ役人」

「そう言うなよ。お前さん、俺に何か言いてぇことがあるんだろ」

「ああ……あの三下《さんした》よりは信用できると思ったんでな」

伝次は口元から流れる血を、ぐいと手の甲で拭った。

態度こそ相変わらずふてぶてしいが、早見に向けた視線は真剣。

告げる言葉も伝法ながら、親身な響きを帯びていた。

「おいらはこれでも甘いもんにゃ目が無くてな……こがね屋は先代の頃から贔屓《ひいき》にさせてもらってたのよ」

「それでお前、昨日もおやじどのが問い詰められてんのを邪魔したのかい」

「そういうこったい。見てて気の毒になったもんでな」

「だったら何で、首を括《くく》るのを止めてやらなかったんだい？」

「そりゃ止めたさ。あんなに美味ぇ菓子を作れる職人を、無下《むげ》に死なせるはずがねぇだろうが？　見張ってるうちについウトウトしちまって、気付いたときには手遅れだったんだよ……」

伝次はしみじみとつぶやいた。

「そういや清吉さんは言ってたぜ。私は決して毒なんか仕込んでいない、しかし私の手がけた菓子のために死人が出てしまった、人のいいお武家ばかりか小さな女の子まで死にそうになっているなんて耐えられない、お解き放ちが許されないのなら、死んでお詫びをするしかないってな」

早見に返す言葉は無い。

神谷と新平も口を挟めず、黙ってうつむくばかり。

一方の小関は先程までにも増して、沈痛な面持ちで立ち尽くしていた。

こんなことになるのなら調番屋ではなく北町奉行所に連行し、夜通し見張っているべきであった。

だが、今となっては後の祭り。幾ら悔いても遅いのだ――。

「まさかお前さんがた、このまま事を済ますつもりじゃあるめぇな」

伝次が、おもむろに口を開いた。

「あんな一本気な職人がよ、何より大事にしてる菓子に毒なんぞを仕込むはずがねぇだろうが、え？」

「伝次、おめー……」

「おいらみてぇにケチな巾着切りが偉そうなことは言えねぇけどよぉ、こいつぁきっと汚《きたね》え裏があるに違いねぇやな。清吉さんはハメられたんだよ！」

それは、早見たちの胸の内を代弁する一言だった。

町方役人の立場としては、表立って口にはできぬ言葉である。

しかし、どう考えてもそうとしか思えない。

清吉は丹精を込めて美味い菓子を生み出し、客に楽しんでもらうことしか頭になかった男。密かに毒を仕込んで食わせ、無差別に殺害するとは考えがたい。

まして将軍の暗殺を企てるなど、有り得ぬことだ。

「何とする、兵馬？」

「そうさな、まずはさっきの三下役人をとっちめて、二度と浅はかな当て推量をほざかねぇようにしなくちゃなるめぇよ」

神谷に問われ、早見は答える。

「その上で、いちから調べを付け直そうじゃねぇか」

黙って頷く神谷と新平に続き、顔を上げた小関も力強い視線で応えていた。


されど上《うえ》つ方《かた》のやることは、いつの世も変わりはしない。

「ならぬならぬ！　調べ直しなど、以《もっ》ての外《ほか》じゃ！」

意を決した早見の提案を、格上の吟味方与力は却下した。

自害した清吉の犯行と決め付け、死人に口なしなのを幸いに早々と幕を引いてしまうつもりなのだ。

ただでさえ御用繁多な最中に、余計な事件など抱え込みたくないのである。

そんな勝手な思惑に従わされ、大人しく引き下がってはいられまい。

「こうなりゃ俺らでやるしかなかろうよ、おやじどの」

「もちろんだぜ。このまま見過ごすわけにはいくめぇ……」

用部屋から抜け出してきた早見に廊下で答える、小関の決意は固い。

清吉の潔白を確信し、御用を離れて真の下手人探しに打ち込む所存だった。

第二章　遺されし者たち

一

決意を固めたからには存分に時を費やして、事に当たりたいものである。

しかし、早見は内勤めの身。昼日中から奉行所を、しかも調べを進めるために毎日抜け出せば、たちまち上役や同僚に疑われてしまう。

抜かりなく事を進めるためには、策が要る。

そこで一計を案じたのは翌日、中食《ちゆうじき》の休憩に入る間際のことだった。

「痛たたた！」

吟味方与力の詰める用部屋に、早見の悲鳴が響き渡る。

「ふん、またしても臭い芝居か」

机に突っ伏しざまに呻き出したのを、年嵩《としかさ》の与力は見向きもしない。

同僚の与力たちもみんな素知らぬ顔で筆を執《と》り、それぞれ吟味中の事件の調《しらべ》書《がき》をまとめていた。

一同から無視を決め込まれても、声は大きくなるばかり。

「ううっ……く……苦しい……」

剣術の稽古で日頃から鍛えているだけあって、こういうときもよく響く。

「いい加減にせい、早見」

隣席の同僚が、上座から睨《にら》む与力の視線を気にしながら呼びかけた。

「厠《かわや》ならば黙って参ればよかろう？　いちいち断りを入れて長《なが》っ尻《ちり》をするが故に皆も呆《あき》れておるのが分からぬか」

「こ、こたびは下り腹に非《あら》ず……。い、胃の腑がきりきり痛むのだ……」

「まことか？」

よくよく見れば、早見の顔は青かった。

脂汗《あぶらあせ》をだらだら流し、下っ腹を押さえている。

「何としたのだ、おぬし!?」

ただならぬ様子に気付き、上座の与力が立ち上がる。

「ご、ご心配をおかけして相すみませぬ……」

申し訳なさそうに答える早見は汗まみれ。

太い眉毛をぎゅっと寄せ、見るからに苦しげな有り様である。

「しっかりせい！」

駆け寄りざまに与力は早見を抱き起こす。

他の同僚たちも放ってはおけず、次々に筆を置いて席を立つ。

一同に囲まれながら、早見は与力に訴えかけた。

「い……医者に診てもろうても、よろしゅうございますか……？」

「是非もあるまい。すぐに呼んで来てやるからの、控えの間で横になっておるがいい」

「いえ……こ、こちらから出向きます……」

「たわけたことを申すでない。そも、何処《いずこ》まで参るつもりじゃ？」

「は……浜町河岸です。当家のかかりつけは彩香先生でございますので……」

「うーむ。あの先生では患者も多い故、急な往診を頼むよりは押しかけたほうが話も早いか。致し方あるまいのう」

渋い顔で頷《うなず》くや、与力は声を張り上げた。

「誰《たれ》かある！　急ぎ駕籠《かご》を拾《ひろ》うて参れ！」

「し、承知しました」

用部屋に詰めていた下役の同心が、あたふたと玄関に駆けていく。

「も、申し訳ありませぬ」

神妙に礼を述べつつ、早見は胸の内でつぶやいた。

（へっへっへっ、上手くいったな。昨夜《ゆんべ》から飯を食わずに空《すき》っ腹で過ごした甲斐《かい》があったぜ……）

目的を遂げるためには、手段など選んではいられない。

すでに事件を落着させたつもりでいる上役の与力はもとより、依田にも真意を告げるわけにはいかなかった。ただでさえ早見は影の御用を担《にな》い、しばしば上役や同僚の目を盗んで行動しなくてはならぬ立場だからである。

密命を果たすためならば、依田は幾らでも便宜を図ってくれるだろう。

しかし私情で動き出したと知れば即座に早見を呼び出し、自重せよと説教したあげくに、足止めをするのが目に見えていた。

その点は神谷と小関も重々承知しており、抜かりなく隠密廻同心としての役目を果たしながら、すでに事件の調べ直しに着手していた。

後《おく》れを取ってはいられないが、急《せ》いては事を仕損じる。

何であれ、探索とは手間暇を要するものだ。

こたびのように下手人と疑われた者が自害に及び、いちから事の次第を明らかにしなくてはならぬ場合は、尚のことだった。

しかし、早見は勝手に動けぬ立場。

もとより外回りの役目である上に隠密廻のため、日頃から制約されずに動ける神谷や小関と違って、内勤めの身だけに縛りが厳しい。

故に飯を抜いてまで重い病《やまい》と装い、周囲の目を欺《あざむ》いたのだ。

それも一時のことではなく長期の療養が必要で、勤めを休むには至らぬまでも医者の許《もと》に毎日通わなくてはならぬ体《てい》を装おう——。

あらかじめ彩香に相談し、口裏を合わせるように頼んだ上のことだった。

程なく、同心が戻ってきた。

「早見さま、駕籠を呼んで参りましたっ」

「す、すまぬな」

同心に礼を述べ、早見はゆるゆると立ち上がる。

「大事ないのか、おぬし」

与力が心配そうに呼びかける。

いつもの口やかましさは鳴りを潜め、不安で堪《たま》らぬ様子である。

「ご、ご心配いただくには及びませぬ……それがしに構わず、引き続き御用にお励みくだされ……」

付き添いを断る口調は神妙そのもの。よろめく足を一歩ずつ踏み締め、用部屋を出て行く姿も真に迫っている。

「無理をいたすでないぞ、早見」

「養生を第一にせい」

同僚たちの励ます声を背中越しに聞きながらも、足の運びは変わらない。

皆を騙《だま》しても良心の呵責《かしゃく》を覚えずにいられるのは、悪を逃さぬ決意を固めているが故であった。

菓子は人を笑顔にするため、日々の暮らしに欠かせぬもの。二束三文の駄菓子であろうと、大事に味わうことを早見は常々心がけている。

その菓子に毒を仕込んで人の命を、それも無差別に狙うとは許しがたい。

猛毒の附子《ぶし》が入ったこがね焼きは、哀れな御家人一家を殺害するだけのために用意されたわけではない。

一歩間違えば試食をした早見たちばかりか、何も知らずに持ち帰ったのを疑うことなく平らげたであろう鶴子と辰馬、敏江におたみ、さらには八州屋の人々に至るまで、死の危険が及んでいたかもしれぬのだ。

何としてでも真の下手人をこの手で捕らえ、悪事の報いを受けさせてやらずにいられなかった。

(腐れ外道め、どこに隠れてやがろうと必ず見つけ出してやるぜぇ……)

揺るぎない決意の下、早見は廊下を渡りゆく。

いつもの精悍《せいかん》さが嘘の如く、青ざめた顔と覚束《おぼつか》ない足の運びは、行き交う誰の目にも重い病の身としか映っていない。先に立って廊下を歩きながら幾度も振り返る同心も、左様に思い込んでいるらしかった。

「肩をお貸しいたしますか、早見さま」

「それには及ばぬ……おぬしは用部屋に戻っておれ」

「されば、くれぐれもお大事に」

「かたじけない」

雪駄《せった》を揃えてくれた同心を引き取らせ、早見は式台から三和土《たたき》に降り立つ。

玄関から門まで続く敷石を踏んで進み、潜り戸を抜けるときも覚束ない足取りを装うことを怠らない。玄関番はもとより門番の小者にまで、これは間違いなく重い病であると思い込ませるためだった。

門の外で待っていた駕籠かきと接するときにも、芝居をするのは忘れない。

「お、おめーたち、すまねぇが急き前《せまえ》で頼むぜ……」

「心得やした、早見の旦那。ですけど飛ばすのは程々にさせてもらいやすぜ」

「そうそう。お体に障りが出たらいけやせんからね」

口々に説き伏せる駕籠かきたちは、呼びに走った同心からよほど体調が悪いと聞かされていたらしい。その上で早見の容態を見て、これは無理をさせてはなるまいと思ったのだ。

ここまで騙しおおせれば、もはや誰からも疑われまい。

夕方まで心置きなく探索に勤《いそ》しんだ後、奉行所に戻って長期の通院を要する旨を報告すれば、明日からは大手を振って市中を毎日歩き回ることができる。

（やれやれ、これで一安心だぜ）

垂れを下ろした駕籠の中、早見は静かに息を吐《つ》く。

上手《うま》いこと芝居を打って奉行所を抜け出しはしたものの、吟味方与力としての務めは疎《おろそ》かにしていない。

　今朝は定刻より一刻（約二時間）早めに出仕し、急ぎの書類はすべて仕上げてある。昨日も組屋敷に仕事を持ち帰り、空腹に耐えながら夜遅くまで筆を執った上でのことだった。

二

影の御用は表の顔を持っていればこそ、首尾よく遂行できるというもの。

早見たち町方役人の場合は尚のこと、やりやすい。

浪々の身では武士といっても軽く見られ、さりとて依田の如く身分が高ければ世間体《せけんてい》を気にせざるを得ないため、無茶な行動はできかねる。

その点、町方役人はちょうどいい。

武士と町人の中間である小銀杏髷《こいちょうまげ》に象徴されるとおり、武家と町家の両方に程よく顔が利くので、あらゆるところに出没しても違和感を持たれず、探索も暗殺も自在にできる。故に疎かにもできかねるのだが、いちいち職場を抜け出すのも一苦労とあっては、些《いささ》かキツい。

（あー、甘いもんが食いてぇなぁ……）

胸の内でぼやく早見を乗せて、辻駕籠は江戸の街を駆け抜けていく。

「ほいっ」

「ほういっ」

北町奉行所のある常盤橋《ときわ》を後にして、八丁堀から茅場町、かつては幕府公認の遊廓《ゆうかく》が置かれていた人形町《にんぎょうちょう》の通りを過ぎれば、浜町河岸はすぐそこだ。

診療所の前で降ろしてもらった早見は袂を探り、駕籠代を取り出す。

渡すときに手を震わせ、路上に散らばせたのも芝居であった。

「す、すまねぇ……」

「いえいえ、何てことはありやせんよ」

「どうぞお大事になすってくだせぇまし、早見の旦那」

口々に告げながら銭を拾い集め、駕籠かきたちは引き上げた。

遠ざかるのを見届けた早見は路地を抜け、診療所の裏に廻る。

表から入るのを避けたのは、ごった返す患者の中に顔見知りの者が居ないとも限らぬからだ。

彩香は町人ばかりでなく、武家にも人気の高い名医。早見家に限らず、八丁堀の与力や同心で掛かりつけにしている家も少なくなかった。

なればこそ、油断は禁物。

年の瀬から冷え込みの厳しい最中、風邪ひとつひかず元気に過ごしている鶴子と辰馬はともかく、隣近所の家族がひょっこり来ているかもしれないのだ。

奉行所の連中を上手く騙せても、思わぬところから事実が発覚してしまっては元も子もあるまい。

裏口の戸をそっと開けた早見は、足音を忍ばせて階段を上っていく。

二階の部屋では、新平と与七が待っていた。

「上手く行きましたか、旦那」

「ああ。後は彩香先生さえ調子を合わせてくれりゃ、大事はあるめぇ」

「そのことならご安心くださいまし。私からも念を押しておきました」

「そいつぁすまなかったな。で、先生は何て言ってたんだい？」

「ご同役の皆さまは言うに及ばず、お奉行にも黙っててくださるそうで……先生のことですから、寝物語でうっかりなんてこともありますまい」

声を潜めて告げつつ、新平は風呂敷包みを差し出した。

「ご所望《しょもう》のお着替えです。どうぞ」

「ありがとよ……おっ、なかなかの上物じゃねぇか」

包みを解いて着物を拡げ、早見は感心。

呉服屋では反物ばかりでなく、仕立て上がりも売られている。越後屋《えちごや》や八州屋も同様で、身なりを変えて市中の探索に赴く早見のために新平が用意した着物と羽織袴の一式も、吊るしと呼ばれる仕立て済みのもの。袴だけはそのままでは長身の早見に合わぬため、新平が自ら丈《たけ》直しをしてくれていた。

「これは与七の受け持ちでしてね、売れ残りではございますけど、毎日手入れを欠かしておりませんので……」

「見れば分かるよ。手伝いまでしてもらうってのに、重ね重ねすまねぇな」

「何てことはありやせんよ、早見の旦那」

すかさず口を挟む与七は乗り気だった。

「今度のことは俺もむかっ腹《ぱら》が立ってるんでさ。何の罪もねぇ者を虫ケラみてぇに殺しやがった外道どもに、罪の重さってやつをたっぷりと思い知らせてやろうじゃありやせんか」

「へへっ、お前さんがそう言ってくれると心強いぜ」

早見は嬉しげにうなずいた。

「ところで与七、お前さんは昼日中《ひるひなか》っからお店を抜け出しても大丈夫なのかい」

「ご心配には及びやせん。あっしはもともと若旦那のお目付役ってことになっておりやすし、番頭さんや手代仲間から四の五の言われることもありやせんので」

答える与七に気負いはない。

新平も、さりげなく言い添えた。

「そういうことですんで、私ともどもお気兼ねなく使ってやってくださいまし」

「羨《うらや》ましいこったな……まぁ、それなら俺も心置きなく手を借してもらえるってもんだぜ。すぐに着替えちまうから、ちょいと待っててくんな」

笑顔で二人にそう告げると、早見は装いを改めた。

肩衣《かたぎぬ》を外して半袴を脱ぎ、熨斗目《のしめ》を肩から滑り落とす。

代わって袖を通したのは、絹物ながら地味な一着。

平織《ひらおり》の袴と羽織も金糸銀糸など一切用いていない、堅実な仕立てであった。

微禄の御家人を思わせる装いは、背が高く顔立ちも派手な外見をできるだけ目立たなくさせるための工夫でもあるのだ。

「どうだい新平、こうすりゃ俺も堅物《かたぶつ》らしく見えるだろ」

「はい。お顔立ちだけは相変わらずでございますけどね」

「そんなことは分かってらぁな。頼んどいた編笠は買っといてくれたのかい」

「はいはい、こちらにございやすよ」

新品の編笠を渡しながら、与七は予期せぬことを告げてきた。

「それじゃ旦那、締めて一分頂戴《いちぶちょうだい》しやす」

「一分だって!? おいおい、笠代にしちゃ高価《たか》すぎるぜ」

「この笠だけじゃありません。お衣装の一式まで含めての、大負けに負けたお代でございますよ」

目を白黒させる早見に、とぼけた顔で新平は告げる。

寝耳に水なのは早見であった。

「そいつぁ話が違うだろうが？ 召し物は貸してくれるんじゃねぇのかい」

「いえいえ、左様なことは一言も申しておりません。私はただ、ご所望どおりに揃えさせていただきますとお答えしただけでございますよ」

「仕方ありやせんぜ、旦那」

与七も何食わぬ顔で言い添えた。

「若旦那からも先程申し上げていただいたこってすが、吊るしの着物は受け持ちの手代が決まっておりやしてね。お店から持ち出すからにゃ、旦那にお買い上げいただいたってことにさせてもらわねぇといけませんので……」

「おいおい、そういうことなら先に言ってくれよ！」

「しーっ。あんまり大きな声を出しなさると、階下《した》に聞こえちまいますぜ」

「ちっ、しっかりしてやがらぁ」

致し方なく、早見はしぶしぶ巾着《きんちゃく》の紐《ひも》を解く。

笠の代金はもとより払うつもりだったが、思わぬ出費になったものである。

「ありがとうございやす」

ぽんと放った一分金を、与七は落とすことなく受け取った。

「ところで旦那、お勘定の受け取りはどうしますかい？」

「そんなものは要らねぇよ。どこにも持っていけやしないし、影の御用でもねぇのにお奉行に払ってもらうわけにもいくめぇよ……」

ぼやきながらも、声を潜めることは忘れない。

それは襖《ふすま》一枚を隔てた隣の部屋に寝かされている、両親《ふたおや》を失った女の子への気遣いでもあった。

そっと早見は襖を開き、眠る女の子を見やる。

「まだ目を覚まさねぇのかい」

「そうなんですよ。毒はすっかり抜けたそうなんですけどねぇ……」

んですぜ」

「無理もありやせんよ。まだ年端《としは》もいかねぇのに、両親を一遍に亡くしちまった
痛ましげな面持ちの新平の傍《かたわ》らで、与七もいつになくしんみりしていた。

「かわいそうになぁ。こんな可愛い子が、酷《ひど》い目に遭《あ》わされちまってよぉ」

早見はそっと躙《にじ》り寄り、女の子の頭を撫《な》でてやろうと手を伸ばす。

と、その手がいきなり捻《ひね》り上げられる。

いつの間にか階段を昇ってきた、彩香の仕業であった。

「痛てててて！」

「お静かに願います、早見さま」

関節をがっちり極められて、悲鳴を上げる早見を彩香は一言で黙らせた。

「おー痛ぇ……ったく、きれいな顔をしていなさるくせに大した力持ちだなぁ」

「人聞きの悪いことを仰《おお》せにならないでくださいまし。貴方《あなた》さまの動きをほんの少々、逆手《さかて》に取らせていただいただけです」

ぼやく早見を軽くあしらい、彩香は女の子の手を取る。

慣れた手つきで脈を取り、熱を計る。

澱《よど》みのない一挙一動を早見と新平、与七は無言で見守っていた。

診察を終えた彩香と共に、男たちは隣の部屋に戻っていく。

「大丈夫なんですか、先生」

「ご心配には及びませぬよ、新平さん。すでに峠は越えております」

「ほんとですか？」

「脈もだいぶ落ち着いて参りました。今日明日中には目を覚ますことでしょう」

「それなら安心だ。よかったねぇ、与七」

「へい……」

小躍《こおど》りする新平に頷き返し、与七も顔をほころばせる。

しかし、手放しに喜んでばかりはいられなかった。

彩香の鍼《はり》治療で九死に一生を得たものの、女の子には頼れる身寄りがいない。

新平が調べたところ祖父母はすでに他界しており、親戚も皆無。

男児であれば家督相続を認められただろうが、年端もいかぬ女児が婿を取る歳になるまで無償で禄を与えてくれるほど、公儀も甘くはなかった。

組屋敷も当主がいなくなれば接収されるのが習いで、家財一切を整理した代金に幾らかの見舞金を足して下げ渡すのがせいぜいのところ。

もちろん、先々の暮らし向きまで公儀は考慮をしてくれない。

もとより治療費を取ることなど考えてもいない彩香だが、ずっと世話を焼いてやるわけにはいかなかった。

しばらくは引き続き手許に置き、世間の好奇の目に晒《さら》されぬように二階で療養させることもできるが、いつまでも預かってはいられぬし、微禄とはいえ御家人の娘だけに扱いが難しい。

「何とかなりませぬのか、早見さま。養女とまではいかずとも、しばらく面倒を見てくださるだけでも助かるのですが」

「うーん、辰馬はあれでなかなか我《が》が強《つぇ》ぇからなぁ……友だちになるぐれぇなら喜ぶだろうが、ひとつ屋根の下で暮らすとなれば母親を取られたと思って意地を焼くのが目に見えてるし、鶴子にだって人さまの子どもの世話ができるかどうか……」

ともあれ今は先々のことを思案するより、目を覚ましてからの接し方を考えるべきだろう。

「それじゃ先生、俺らはこれで失礼しやす」

早見は話を打ち切り、刀と編笠を片手に腰を上げる。

去り際に一言、念を押すのも忘れなかった。

「この子が目を覚ましたら、抜かりなくお願いしますぜ。それと口にはせいぜい気を付けておくんなさい」

「何ですか早見さま、その含んだ物言いは」

彩香はたちまち眉《まゆ》を吊り上げた。

年増《としま》でも美しく整った顔立ちをしているだけに、怒ると怖い。

思わず早見がしどろもどろになったのも、無理からぬことだろう。

「いや……先生は医術の腕なら折紙付きだが、その……はっきり言いすぎるとこがあるじゃねぇですかい」

「まぁ、見損なわないでくださいまし」

キッと彩香は早見を睨みつける。

声を低くしているせいか、常よりドスが利《き》いていた。

「私とて手加減ぐらいは心得ておりまする。まして幼子の心をみだりに傷付けるとでもお思いですか」

「そんなに怒らないでくだせぇよ。ちょいと気になっただけなんですから」

「ご懸念は無用にございます。さぁ、貴方がたも早うお行きなされ」

「失礼します、先生」

「ご、御免なすって」

早見に続き、新平と与七も階段をあたふたと降りていく。

悪党どもを相手取っては後れを取らぬ男たちも、女には弱い。

まして彩香は仲間ながら、日頃から手強《てごわ》い女人《にょにん》であった。

「あー、おっかなかったなぁ……」

「まったくでさ。あんなお人と深い仲たぁ、お奉行さまもなかなかの如何物食《いかもの》いでござんすねぇ……」

診療所の裏口から表に出た早見と与七は、小声でぼやき合いながら路地を通り抜けていく。

後に続く新平も、童顔を強張《こわば》らせていた。

しかし、いつまでも怯《おび》えてはいられない。

寄《よ》る辺《べ》を無くした少女のためにも、真の下手人を速やかに突き止め、成敗してやらねばなるまい。

そのためには手を尽くし、真相を調べ上げねばならなかった。

「なぁ新平、昨日頼んどいたことには当たりを付けてくれたかい」

「もちろんです。疑わしい店だけをこちらに書き出しておきました」

そう言って新平が早見に手渡したのは、一枚の書き付け。

若いながらも達者な筆の運びでびっしり記されていたのは、本郷界隈《ほんごうかいわい》を中心とする薬種問屋の屋号だった。

「どこも商いが傾いちまって、相手構わずに薬種をこっそり売りさばいてる連中ですよ。仕上げに旦那が凄《すご》みを利かせて、附子を妙な奴に渡していないかどうか確かめてみてくださいまし」

「心得たぜ。それじゃご苦労だが引き続き、こがね屋と張り合ってやがった菓子職人を当たってくんな。例の番付から漏れてる小店も、見逃しちゃならねぇよ」

「分かっております。行くよ、与七」

「へい。それじゃ早見の旦那、お気を付けなすって」

「ああ、お前たちもな」

男たちは頷き合い、二手に分かれた。

御家人になりすました早見は、薬種問屋が集まる本郷へ。

そして新平は与七を伴い、日本橋へと戻っていく。

朝から口入屋《くちいれや》に頼んで集めさせた、暇人《ひまじん》たちに指図をするためだ。

二人きりでは手に負えぬ探索も、頭数さえ揃えば容易《たやす》い。

事の真相まで明かさずとも八州屋の御用聞きを装わせ、簡単に探りを入れればいいのだから、雇われた連中にとっても楽なものだ。昨日の今日で疑わしい店を洗い出せたのも人手を集めてあちこちに走らせたが故であり、日払いの手間賃は口止め料を含めて弾んであるので、余計なことを口外される恐れもない。

新平にとって、金の力は大きな武器だ。

日本橋で越後屋に次ぐ人気を博する八州屋の跡取り息子として、生まれながらに与えられた有り余る財力を、悪党退治のたびに発揮するのが常だった。

見返りを求めてのことではない。

新平は商人の倅《せがれ》である前に、将軍のお膝元たる江都で生まれ育った身。

江戸の治安が保たれなければ民心は動揺し、商いも成り立たなくなる。

それが分かっていればこそ、新平は日頃から岡っ引きとして微力ながら市中の平和のために働く一方、悪党退治に力を貸すことを惜しまぬのだ。

こたびは捕物とも影の御用とも違うものの、放ってはおけぬ一大事。

江戸一番の評判を取った名菓に毒が仕込まれ、無差別に人の命を奪おうとする外道が暗躍していると知ったからには、進んで動き出さずにはいられなかった。

「乗り気でございやすね、若旦那」

「当たり前だよ。こんな惨《むご》い真似をする奴を野放しにしておくなんざ、江戸っ子の名折れだからね……」

河岸《かし》沿いの道を歩きながら、与七に答える声に迷いはない。

早見たちを助け、為し得る限りのことをしようと決意していた。

三

それから数日が経ち、一月も後半に至った。

小正月を過ぎたものの、日が沈むのはまだまだ早い。

「ちっ、やけに冷えやがるぜぇ……」

暮れなずむ空の下、家路を辿《たど》る小関の足の運びは重かった。

上等の着物をまとって宗匠頭巾《そうしょうずきん》をちょこんと被《かぶ》り、信玄袋《しんげんぶくろ》をぶら下げた大店《おおだな》の隠居風の身なりである。

今日も隠密廻同心として課せられた探索御用の合間を縫い、こがね屋の一件について調べて廻った帰りであった。

隠密廻は廻方同心の中でも縛りが少なく、吉原の面番所詰めを別にすれば好きに動ける。かねてより影の御用に対応しやすく、こたびも早見に先んじて探索を始めることができたのは、融通の利く立場なればこそだった。

二人で手分けし、探りを入れた先は賭場《とば》である。

仕舞屋《しもたや》などで催される小博打は最初から相手にせず、専《もっぱ》ら狙いを付けたのは町奉行所の管轄外なのをいいことに大規模な博打がしばしば行われる、寺社や武家屋敷の中間部屋《ちゅうげんべや》である。

表立っては出入りができずとも、得意の変装術を用いて金回りのよさそうな客になりすませば胴元も壺振りも油断するので、聞き込みをするのは容易《たやす》い。実際に大金を使わなくても冷やかしと見せかけて引き上げればいいし、用心して一見《いちげん》の者を受け付けぬ賭場は常連客に目を付け、町方役人の顔に戻って脅しをかけた上で紹介させるので大事はなかった。

そんな探索を終えた帰り道、小関はいつになく疲れていた。

早めに帰れるのは、夜の面番所詰めを神谷が買って出てくれたが故のこと。

年寄り扱いをされるのは正直面白くなかったが、五体が休息を求めているのに無理はできない。

「あー、歳は取りたくねぇもんだなぁ」

ぼやきながら、小関は黙々と進みゆく。

足の運びが遅いばかりか、表情も暗い。

五十に近い身とはいえ、一晩寝ずに働いたぐらいのことで、ここまで疲労困憊《こんぱい》するには至るまい。抱える事件が難しければ気分も高揚するので、いつもの小関であれば、むしろ溌剌《はつらつ》としているはずだ。

顔色が冴えない原因は、尽きぬ悔恨《かいこん》の念だった。

（畜生め、どうして真っ先に気付けなかったんだ……）

先日のこがね屋でのことである。

自分たちがすぐ側にいながら、罪のない御家人の夫婦を死なせてしまったことを小関はずっと悔やんでいたのだ。

役目がら、日頃から毒物にも接し慣れているのに、どうしてあのときに限って油断をしてしまったのか。

大関菓子に舌鼓を打ち、可愛らしい女の子の一挙一動に気を取られていたことなど、理由にはなるまい。

熟練の隠密廻同心として、不覚の極みと言えよう。

（もうちっと早く気が付いてりゃ御家人夫婦は助かって、あの子も親を亡くさずに済んだはずだ……くそったれ！　これじゃ、俺たちが殺しちまったも同じじゃねぇか……）

そう思うたびに、きりきりと胸が痛む。

今日に始まったことではなく、事件の起きた日から尽きぬ苦悩であった。

できることなら手元に引き取り、親代わりとなって育ててやりたい。

だが、それは独断では決められぬことだった。

一緒になって二十余年になる妻は、小関家の家付き娘。

しがない入り婿の立場では、勝手を言うわけにもいかない。

されば一体どうすれば、あの子に償うことができるのだろうか――。

足を引きずりながらも歩みを進めるうちに、小関は組屋敷の前まで来た。

片開きの木戸門を開き、こぢんまりとした玄関に入る。

「お帰りなされませ、お前さま」

気配を察して迎えに出てきたのは、妻女の敏江。

二つ下の古女房は年が明けて四十七。夫婦の間に子は居《お》らず、中年を過ぎた今も二人きりの暮らしであった。

「ただいま戻りましたよ、敏江《せった》さん」

小関は挨拶を返しながら雪駄を脱ぎ、上がり框《かまち》に立つ。

疲れていても屋敷に戻れば気が休まり、表情も明るくなろうというもの。妻が八丁堀でも有名な料理上手とあれば、尚のことだった。

「ん？」

小関が嗅《か》ぎ取ったのは、濃厚な出汁《だし》の香り。

丸い鼻をひくひくさせると、魚と葱《ねぎ》の匂いも混じっているのが分かった。

「今日は鍋ですね、敏江さん」

「はい、お前さまのお好きなつみれ鍋です」

敏江は地味な顔立ちで身の丈も低く、人の輪の中に居ても目立たぬ女であるが拵《こしら》える品の美味《うま》さはどれも折紙付き。甘味を作るのも上手であり、早見は幼い頃から小関家にしばしば出入りをしては、お八つを振る舞ってもらっていた。

そんな妻の手料理は、小関にとっても日々欠かせない力の源。

「お召し替えを済ませたら、お支度《したく》をいたしましょうね」

表で何があったのかと、余計なことを詮索《せんさく》しないのも有難い。

「はい、はい。すぐに着替えますとも」

嬉々《きき》として答え、小関は先に立って廊下を渡る。

暗く打ち沈んでいた気分も、愛妻のおかげでだいぶ上向きになっていた。

小関の着替えを手伝うと、敏江は台所に取って返した。

最初に持ってきたのは、出汁を張った鉄の小鍋。

火鉢は小関が帰宅してすぐに、埋《うず》み火を熾《おこ》してあった。

続いて、大きな皿に盛られた鍋の具材が運ばれてくる。

一口大に切り分けた葱《ねぎ》と豆腐は水気たっぷり。いわしのすり身を丸めたつくねは色こそ地味だが艶《つや》やかに、ずらりと大皿に並んでいる。

「これはこれは、美味そうですねぇ……」

小関はごくりと生唾《なまつば》を飲む。

大店の隠居風の身なりから一転し、地味な着物に袖なし羽織を重ねて屋内でも脇差を一振り帯びた、微禄ながら武家の当主らしい姿に装いを改めていた。

それでいて、目の前の料理に気もそぞろな様はまるで子ども。

羽織の襟を正しながらもそわそわと、妻の手許を見守っている。

出汁がふつふつ煮立ってくるのを待ち、敏江は味噌《みそ》を漉《こ》し入れる。

青魚に独特の、臭みを消すための工夫である。

味わいも濃厚な赤味噌は刻み葱とおろし生姜《しょうが》と共に、すり身そのものにも混ぜ込まれていた。

程よく味を整えた煮汁に、敏江はつみれを入れていく。

ひと煮立ちしたところに豆腐を、仕上げに葱を加えて火が通るのを待つ。

小関は箸《はし》と器を両手に、今や遅しと待機中。

お膳は出汁を温めている間に、敏江が部屋まで運んでくれていた。

「どうぞ召し上がれ、お前さま」

「いただきます」

一礼するや、サッと小関は鍋に箸を伸ばす。

まるっこい左手に持った小鉢には、酢醤油《すじょうゆ》と薬味のもみじおろし。

「熱ちち……」

はふはふしながら熱々のつみれに齧《かじ》り付く様は、無邪気そのもの。

家路を辿っていたときの暗く沈んだ雰囲気は、もはや見当たらない。

平らげる端から具を足していく敏江には、もとより暗さなどなかった。

「さぁ、どんどん召し上がってくださいまし」

相伴《しょうばん》しながらも夫の箸の進みを見計らい、飯のお代わりを盛ってやるのも忘れない。江戸では朝に炊飯をするので夕餉《ゆうげ》は冷や飯を食べるのが習いだが、敏江はおひつに残った分を蒸して温めておき、疲れて帰ってきた夫の労をねぎらうことを常々心がけていた。

そんな出来た妻が思わぬ話を持ち出したのは、食事を終えた後のこと。

「お前さま……明日のご出仕を少々遅らせてはいただけませぬか」

「えっ」

「ほんの半刻で構いませぬ故、お願いいたします」

告げる口調は真剣そのもの。

いつにない語気の強さに戸惑いながら、小関は答えた。

「そのぐらいなら平気ですけど、一体どうしようってんですか？」

「ご一緒にお見舞いに行っていただきたいのです」

「見舞いですって」

「こがね屋の件で両親《ふたおや》を失《うしの》うた女の子が、彩香先生のお世話になっていると聞き及びました。その子のことが、かねてより気になっておりまして」

「そうだったんですか。敏江さんも……」

「されば、お前さまも？」

「実を言うと、ずっと悔やんでいたんですよ。大関菓子を前にして浮かれたりしねぇできっちりと、いつもみてぇに目を光らせてりゃ毒が仕込まれてんのにもいち早く気が付いて、あの子の両親をもしかしたら助けてやれたんじゃねぇかって……ね」

「それでこのところ、余り眠れぬご様子だったのですね。でしたら尚のこと、ご一緒に参りましょうぞ」

敏江は続けて問いかけた。

「お前さま、その子の名は何というのですか」

「お美津《みつ》です。年が明けて、五つになったばかりとか」

「まぁ、可愛い盛りではありませぬか」

「毒は抜けたそうですが、まだ目を覚まさねぇって兵馬が言っていましたよ」

「かわいそうに……」

敏江は痛ましげにつぶやいた。

「その子の母御のことを思うと辛《つろ》うございます。これから日々健《すこ》やかに育ちゆく姿をどんなに見守りたかったことか……とても他人事《ひとごと》とは思えませぬ」

「敏江さん……」

「お前さま、やはり明日は朝駆けで参りましょうぞ」

重ねて告げる口調は、意外なほどに強かった。

「こ、心得ました」

愛妻の意外な申し出に驚きながらも、小関は安堵《あんど》の念を覚えていた。

子宝に恵まれぬまま齢《よわい》を重ねた夫婦の暮らしは気楽な反面、常に拭い去れない寂しさがつきまとう。

外見と違って気丈な敏江は、そんな寂しさなど疾《と》うの昔に乗り越えたものだとばかり思っていたが、実のところは母性のやり場を見出せずに、悶々《もんもん》としていたのである。

未《いま》だ子を持たぬ男が独りきりでは足を運びにくい少女の見舞いも、敏江が一緒であれば安心だった。

四

翌日は朝から快晴であった。

晴れ渡った空の下、小関夫婦は仲良く連れ立って組屋敷を後にする。

明け六つ（午前六時）を過ぎ、町境の木戸が開くのを待ってのことだ。

八丁堀から浜町河岸までは茅場町を経て、ほんのひとまたぎ。女連れでも時は大してかからず、二人はすぐに診療所の前まで来た。

「まぁ小関さま。お内儀さまも……」

訪《おとな》いを入れたのに応じて出てきた彩香は、前掛けを締めていた。

治療の折に着けるものではなく、炊事用の前掛けである。どうやら朝餉《あさげ》の支度中だったらしいが、いつも早起きのはずの彩香にしては些《いささ》か遅い。

怪訝《けげん》に思いながらも、小関はぺこりと頭を下げる。

「お早うございやす、先生。朝っぱらから押しかけちまってすみやせんねぇ」

「こちらこそ、このような形《なり》で失礼をつかまつります」

恐縮しきりの小関に答えつつ、彩香は前掛けの紐を解く。

「お台所の邪魔をしちまったみたいで申し訳ありやせん。これでも頃合いを見計らったつもりだったんですがね」

「いえいえ、お気兼ねをなさらないでくださいませ。私の食事でしたら、疾うに済んでおります故」

「それじゃ洗い物でもしていなすったんですかい」

「いえ。お粥《かゆ》を煮ておりました」

「粥を？」

「お美津が昨夜《ゆうべ》、目を覚ましたのです」

「ほんとですかい！」

「その折は重湯《おもゆ》にとどめましたが存外に食が進みましたのでね、今朝は起きたら半粥を食べさせようかと」

「そいつぁ何よりでござんしたねぇ……そうですかい、そうですかい」

頷く小関の顔には安堵の笑み。敏江も傍らで嬉しげに微笑んでいた。


中に通されて早々に、敏江は炊事を買って出た。

火鉢に掛けたままになっていた小ぶりの土鍋の蓋《ふた》を取り、煮え具合をちらりと確かめた上でのことだった。

「まことによろしいのですか、お内儀さま？」

「はい、ご遠慮のうお任せくださいまし」

思わぬ申し出に戸惑う彩香に、敏江はさらりと告げる。

「餅《もち》は餅屋と申します。先生にはどうかお気兼ねなく、子どもを診てやってくださいまし」

「心得ました。ご雑作をおかけしますが、何卒《なにとぞ》よしなに」

答える彩香は、どことなくホッとした様子。

医術はもとより武芸も腕利きで見た目も完璧な美人女医も、天から与えられたのは二物《にぶつ》どまり。家事は全般に不得手であり、とりわけ料理は大の苦手なのだ。

彩香が二階に姿を消したのを見届け、敏江は小関に向き直る。

「お前さま、お鍋を下ろしてくださいな」

「下ろすんですか？」

「このままでは焦げ付いてしまいます故、お早く！」

「はいっ」

「お手ぬぐいをきっちり添えて、落とさないでくださいましよ」

てきぱきと指示を与えつつ、敏江が握ったのは火箸。傍らに置かれた消し壺の蓋を開け、彩香が盛りすぎた炭を矢継ぎ早に拾って入れていく。

「お前さま、お願いします」

とろ火になったところに鍋を掛け直させ、手にしたのはお玉。

米を潰しすぎぬように気を付けながら、丹念に掻《か》き回す。

「へぇ……ずいぶんと念入りにするのですねぇ」

「お粥は焦げやすいのです。先程も危ないところでございました」

感心しきりの小関に答えながらも、お玉を使う手の動きは止まらない。

ふつふつと煮える粥から目を離すことなく、敏江は小関に言った。

「お前さま、お塩をくだされ」

「はい」

「かたじけのう存じます」

小関が抱えてきた塩壺からひとつまみ取り、ぱらりと振って味付けするしぐさは慎重そのもの。二十余年の長きに渡り、家の台所を預かる身なればこその手練《てだれ》ぶりと言えよう。

「これでよし、と……」

満足そうに独りうなずく敏江の傍らでは、小関はお膳の支度に勤《いそ》しんでいた。

鍋敷きに添えて碗と蓮華《れんげ》が置かれ、添えられた小皿には梅干し一粒。言われるまでもなく、きちんと種を除いてほぐしてある。

「まぁ、行き届いたことですね」

笑顔で労をねぎらいながら、敏江はお玉を置いた。

手ぬぐいを添えて鍋を火から下ろし、小関が渡してくれた蓋を被せる。

そこに折よく、二階から彩香の声が聞こえてきた。

「お内儀さま、そろそろお粥をお願いできまするか」

「はーい、ただいま」

答える敏江の表情は明るい。

「参りましょうか、お前さま」

「はい、はい」

いそいそとお膳を持つ敏江に続き、小関も階段を上っていく。

二階では彩香が診察を終え、お美津の顔を拭いてやっていた。

布団の上にちょこんと座り、前に向けた顔は思ったより血色がいい。

しっかりと腹ごしらえをさせてやれば、さらに回復することだろう。

「お願いいたします、先生」

可愛い様子に釣られて目尻を下げながら、敏江はお膳を彩香に託す。

「よかったなぁ、元気になって……」

小関も目を細めずにはいられない。

仲良く並んで座った夫婦に見守られ、彩香は鍋蓋を取る。

敏江が炊き上げたのは、見事な半粥。

五分粥とも呼ばれるとおりに重湯と粥の中間の炊き方で、ふんわりとしていて病み上がりでも喉を通りやすいであろう、申し分のない出来であった。

「まぁ、美味《おい》しそうですこと」

ほかほかと立ち上る湯気の中、彩香は感心した面持ちでつぶやく。

お美津も瞳を輝かせ、給仕をしてもらうのを心待ちにしていた。

「さぁ、召し上がれ」

彩香は碗に粥をよそうと、蓮華で口元まで運んでやる。

ちいさな口に入ったとたん、粥が溢れ出た。

「まぁまぁ、大丈夫ですか」

すかさず敏江が手を伸ばし、こぼれた粥を手ぬぐいで拭き取った。

「お美津ちゃん、ゆっくり噛《か》んで召し上がれ」

優しく語りかけられ、お美津はこくんと頷き返す。

しかし、事は一度だけでは収まらなかった。

彩香が幾度となく食べさせても、お美津は粥を吐き出すばかり。

どうしても飲み込めず、口に入れられる端からこぼしてしまう。

見れば、まるい頬が引き攣《つ》っている。

わざとそうしているわけではない。

懸命に動かそうとするものの、意のままにならずにいるのだ。

どんなに頑張っても、お粥は口の端からこぼれるばかり。

そのうちに、目からも涙がこぼれ落ちた。

泣いたのは、お美津だけではない。

嗚咽《おえつ》を始めた敏江の傍らでは、小関も鼻をすすっていた。


「……お内儀さま、ひとつお願いできますか」

しばしの間を置き、彩香は静かな口調で言った。

すでに碗と蓮華はお膳に戻され、お美津は再び布団に寝かされている。

「重ね重ねのご雑作で相すみませぬが、重湯に作り直してくださいませぬか。目を覚ました後に与えます故」

「はい……」

敏江は悲痛な面持ちでお膳を持ち、階段を降りていく。

お美津がお粥をどうしても食べられず、口に入れてやっても吐き出してしまう理由が分かったからだ。

何も空腹の余りに急いてしまい、噎《む》せていたわけではない。

顎が毒の後遺症で強張り、意のままに動かせずにいるのだ。

彩香も今まで気付かずにいたのは、重湯しか与えていなかったが故のこと。

ふんわり炊き上げた半粥でも、少しは咀嚼《そしゃく》する必要がある。

だが、今のお美津には難しい。

このままでは、喉を通るのは流動食のみ。

育ち盛りというのに三度の食事はもとより、菓子も堪能《たんのう》できぬのだ。

「何とかならねぇんですかい、先生」

「お任せくだされ、小関さま」

沈痛な面持ちで問う小関に、決意も固く彩香は言った。

「もとより捨て置くつもりはありませぬ。何としても手を尽くし、元通りの体にしてやりましょう」

「あっしからもお願いしますぜ。このまんまじゃ気の毒すぎまさ……」

小関は痛ましげに視線を巡らせた。

昏々《こんこん》と眠るお美津の頰には、涙の跡がまだ残っている。

小関は無言で枕許まで躙《にじ》り寄る。

流した涙を余さず拭いてやっても、まるい頰から手を離せずにいた。

そんな姿を目にして、彩香は言った。

「小関さま、私からもひとつお願いがございます」

「何ですかい」

「その子を引き取り、親代わりとなってはいただけませぬか？」

「えっ」

「子どもには慈《いつく》しみ育ててくれる大人が要ります。されど、私に為し得ることは療治のみ……お内儀さまと違《ちご》うて、料理も苦手にございます故」

告げる口調に嫌みはない。

小関夫婦を見込んだ上で、真剣に頼んでいるのである。

と、部屋の障子が勢い込んで開かれた。

「お断りしてはなりませぬよ、お前さま！」

「敏江さん、いつの間に？」

驚く小関に構うことなく、敏江はずんずん部屋に入ってくる。

「ただいまのお話、余さず聞かせていただきました」

重湯のお膳を抱えたまま、敏江は勢い込んで告げてきた。

「先生さえよろしければ、私は喜んでお引き受けいたしとう存じます。この子を引き取らせてもろうても構いませぬね」

いつも控え目な敏江らしからぬ、力を込めた物言いだった。

「まぁまぁ、落ち着きなさい」

小関がひとまず止めたのは、お美津が目を覚ましたのに気付いたが故。

すかさず彩香は脈を計り、掌《てのひら》を額に当てて熱を計る。じっと見守る敏江に視線を向けたのは、寝起きの容態を診た上でのことだった。

「されば お内儀さま、重湯を飲ませてやってはいただけませぬか」

「構いませぬのか？」

「もちろんです。これよりひとつ屋根の下で暮らしていただくのですから、早う馴染《なじ》んだほうがよろしいかと」

「か、かたじけのう存じます」

「それはこちらから申すことです。何卒よしなにお頼みしますよ」

深々と頭を下げた敏江に応じ、彩香も淑やかに礼を返す。

大人たちのやり取りをよそに、お美津は口を尖《とが》らせていた。

たどたどしくも愛らしいしぐさには、笑みを誘われずにはいられない。

まだお粥は難しくても、重湯ならば存分に食べてもらえる。

今はそう思うことで、気分を前向きにするべきだろう。

お互いに、彩香の治療が功を奏するまでの辛抱だ――。

「敏江さん、早く早く」

「はい、心得ました！」

努めて明るく声を掛け合う、小関夫婦であった。

五

その頃、品川宿では騒ぎが起きていた。

暴徒と化した人々が押し寄せた先は、こがね屋。

「この人殺し！　何が海道一の菓子匠だい!!」

「女房だって罪は同じだ！　こそこそ隠れてねぇで出てきやがれい!!」

閉め切った板戸越しに、罵《ののし》る老若男女の声が聞こえてくる。

先日の事件以来、こがね屋に対する世間の風当たりは厳しい。

引きも切らなかった客の代わりに押しかけるのは清吉を咎人《とがにん》と決め付け、暴言を並べ立てる群衆ばかり。いずれも瓦版に書かれたことを鵜《う》呑《の》みにし、幾ら釈明しても聞く耳など持とうとしない輩《やから》だった。

戸を開けておけば石を投げ込まれるので、閉め切っておかざるを得ない。

それでいて宿場役人は取り締まろうとせず、見て見ぬ振りをするばかり。

もはや商いどころではなく、一時は事件のことが伝わっていない武州で行商をして稼ごうとしたものの、肝心の菓子の材料がまったく手に入らなかった。

取引先の問屋から、一斉に手を引かれてしまったのである。

公儀御用達《ごようたし》の看板を掲げていた頃は誰もが進んで近付いてきたくせに、今では隣近所も手のひらを返したように冷たく、店の表ばかりか裏口にまで毎朝大量の生ゴミがぶちまけられている。

女将のおしのはもはや、愛する夫の死を嘆き悲しむどころではない。

抱えの職人は一人二人と辞めてしまい、残ったのは先代の頃から仕えてくれている忠義者の番頭のみ。

その番頭も金策をするため、上方へ旅に出てしまっていた。

今、大事な店を守れるのはおしのだけ。

しかし、女独りではどうにもならない。

店を開けていても客は一人として訪れず、やって来るのは通りすがりにゴミを投げ込んでいく者ばかり。幾ら掃除をしてもキリがなく、昼日中から閉じこもるのが精一杯の有り様だった。

「人殺しのくそ女房め、いい加減に出てきやがれ！」

「早いとこ世間さまにお詫びしろって言ってんだよ!!」

表の罵声《ばせい》はまだ絶えない。

「お前さん、助けて……」

帳場に座り込んだまま、おしのは悲痛な面持ちで耳を塞《ふさ》ぐ。

と、しつこい罵倒が不意に止む。

代わりに聞こえてきたのは、争う音と悲鳴。

びしっ。

ばしっ。

「わっ、わっ」

「ひいっ」

何者かが群衆の中に割って入り、手当たり次第に叩きのめしているらしい。

程なく、表は静かになった。

誰が救いの手を差し伸べてくれたのか。

訳が分からぬまま、おしのは怖々と立ち上がった。

そこに、誰かが訪《おとな》いを入れてきた。

「お嬢さん、私ですよ」

板戸越しに告げる声は、爽やかな響き。

その声を耳にするなり、おしのの美しい顔が曇る。

どんどんどん！

どんどんどん!!

戸を叩く音は、やけに大きい。

開けてもらえるまで、続けるつもりであるらしい。

おしのはやむなく土間に降り、心張り棒を外して戸を開く。

敷居の向こうに立っていたのは背が高く、目鼻立ちの整った男。

中年ながら声だけではなく、見た目も凜々《りり》しい。

「ご無事で何よりでしたね、お嬢さん」

「……万造《まんぞう》さんこそ、お元気そうですこと」

「はい。おかげさまで」

男は白い歯を覗かせた。

おしのから険を含んだ物言いをされていながら、まったく動じていない。

死んだ清吉とは一歳違いの兄弟弟子として、こがね屋でかつて働いていた菓子職人である。

十年前に暖簾《のれん》分けされて芝《しば》の白金台町《しろかねだいまち》に構えた、その名もしろかね屋と称する店の商いは上々。公儀御用達の看板こそ未だに得られぬものの客は多く、四季の茶菓の人気がとりわけ高い。

万造が絹の着物をさらりと着こなし、羽織紐と根付《ねつけ》にお揃いの高価な珊瑚《さんご》玉を用いているのも、店の売れ行きが好調であればこそ。腕利きの職人を大勢抱えて自ら菓子を日々拵える必要もなくなり、商いを大きくするのに余念がないと専《もっぱ》らの噂だった。

「お嬢さん、上がらせてもらってもよろしいですか？」

「……お帰りください」

「構えることはないでしょう。ただのお悔やみですよ」

「お悔やみですって、何を今さら、白々《しらじら》しい」

「つれないことを申されますな。清吉は私の可愛い弟弟子だったのですからね」

何食わぬ顔で告げる万造は、お付きを二人従えていた。

一人は小柄で、見るからに目端《めはし》の利きそうな三十男。

今一人はだらしのない、着流し姿の浪人だった。

細身の体にまとった黒羽二重の胸元を大きくはだけ、大小の刀は落とし差し。

それでいて腰はどっしり据わっており、目の配りにも隙がない。

どうやらこの浪人が腕を振るって、店の前に群がっていた連中を追い散らしてくれたらしい。

しつこい嫌がらせを止めてもらったのは、たしかに有難いことである。

だが、一難去ってまた一難。

万造はおしのにとって、最も歓迎できない客だった。

「怪しい者じゃありません。うちの新しい番頭と、用心棒の先生ですよ」

万造はにこやかに告げながら、肩に手を触れてきた。

「さ、触らないで！」

おしのは思わず悲鳴を上げる。

構うことなく押し退けて、万造は敷居を踏み越える。

番頭と用心棒も、黙って後に続く。

悔しげに唇を嚙み締め、おしのは男たちを追うのだった。

「いやいや、懐かしいですねぇ」

勝手知ったる様子で廊下を渡り、万造が足を運んだのは奥の仏間。

「南無《なむ》……」

白木《しらき》の位牌《いはい》に向かって、形ばかり手を合わせる。

続いて取り出したのは、分厚い懐紙《かいし》の包み。

「お見舞いのしるしですよ、お嬢さん。ご遠慮なくお納めください」

「……ごていねいに恐れ入ります」

おしのがやむなく受け取ったのは、こがね屋の窮状を思えばこそ。

店賃を初めとする諸々の支払いを滞らせぬためには、一文でも余計に欲しい。

清吉が亡き今は、汚い金であろうと突き返してはいられなかった。

「そうそう、それでいいのですよ」

万造は嬉しげに告げながら、仏壇に包みを供える後ろ姿を舐《な》めるような目付きで見やる。それでいて、呼びかける声の響きはあくまで甘い。

「さて、お嬢さん」

向き直ったおしのを見返し、万造は言った。

「物は相談なんですが、この店を私に任せてもらえませんか」

「えっ」

「もちろん、お嬢さんの面倒も喜んで見させていただくつもりですよ。ご存じのとおり女房は暮れに離縁しましたんで、何の気兼ねも要りません」

「……………」

「嫌ですねぇ。そんな目をなすったら、美人が台無しですよ」

睨み付けられても動じることなく、万造はひとりごちる。

「まったくご先代も迂闊《うかつ》でしたね。仮にも師匠だったお人に無礼を申すつもりはありませんが、十年前に私を婿に選んでさえいれば、可愛い娘に苦労をさせずに済んでいたものを……清吉みたいな不器用者を見込むなんて、愚の骨頂ですよ」

「いい加減になさい、万造っ！」

「おやおや、懐かしい呼び方ですね」

カッとなって我を忘れたおしのを怒るでもなく、万造は笑顔で言った。

「それでいいんですよ、お嬢さん。一度昔に戻った上で、私にすべてを任せちゃもらえませんか」

「くっ……」

さすがに即答するわけにはいかなかった。

しかし今は、はっきりと拒む気力がない。

「……万造さん」

しばし黙り込んだ末に、おしのは言った。

「お気持ちは有難いのですが、今日のところはどうかお引き取りを……」

今はそう返すのが精一杯だった。

「まぁまぁ、今少しよろしいではありませんか」

構うことなく、万造は手を伸ばしてくる。

番頭も用心棒も止めることなく、黙ってにやついているばかり。

「ひっ！」

おしのは懸命に身をよじって廊下へ逃れ出る。

そこにまた、表から訪いを入れる声が聞こえてきた。

「ごめんよ、ちょいといいかい？」

万造たちが閉めた板戸越しに呼ばわるのは、おしのが聞き覚えのある声だった。

「早見さま……」

「誰なんです、あれは？」

「き、北町のお役人です」

「お役人だって」

万造は伸ばしかけた手を止める。

思わぬ邪魔をしてきたのが、一人だけではなかったからだ。

「ちと入れてもらえぬか、女将《おかみ》……」

「取り込み中にすまねぇなぁ。ちょいと線香だけでも上げさせてくんねぇか」

神谷と小関の声である。

早見と三人で連れ立って、お悔やみに来てくれたらしい。

今のおしのにとっては、天の助けにも等しい来訪だった。


焦れながら返事を待っていた早見たちの目の前で、おもむろに戸が開いた。

まず表に出てきたのは、見るからに小賢《こざか》しそうな三十男。

続いて姿を見せたのは身なりがよく、顔立ちも端整な男だった。

「とんだ無駄足でございましたね、旦那さま。日を改めるといたしましょう」

「ああ」

主従揃って、不快げな面持ちである。

後に続く浪人も、苦虫を嚙み潰したような顔をしている。

万造と番頭、用心棒の悪しき三人連れである。

おしのに無体を働くのを諦め、ひとまず引き上げることにしたのだ。

事情を知らない早見たちが、不審に思ったのも無理はあるまい。

「おいおい、ちょいと待ちねぇ」

黙ってすれ違おうとするのを阻み、問いかけたのは早見だった。

「お前さんがた、一体どうしたってんだい？　揃いも揃って仏頂面で……」

「ただのお悔やみでございますよ、お役人さまがた」

にこりともしない万造に代わり、愛想よく答えたのは番頭。

一方の用心棒は、早見たちを順繰りに眺めやる。

値踏みするかの如く、明らかにこちらを小馬鹿にした顔である。

無礼なのは表情だけではなかった。

「ふん。誰かと思えば、町方の木《こ》っ端《ぱ》役人どもではないか」

「何だと、てめー」

早見は思わず前に出た。

「ふざけんじゃねぇぞ。月代《さかやき》伸ばした浪人野郎が、俺ら町方にケチを付けやがるつもりかい？　ぐだぐだぬかすと、引っ括《くく》るぜ！」

「ふっ、うぬこそ人を侮《あなど》るでないわ」

用心棒は不敵に鼻で笑った。

「俺の雇い主は、そこらの菓子屋とは格が違う。こがね屋が斯様《かよう》な有り様と成り果てたからには必ずや、公儀御用達の看板も近いうちに手に入ることであろう」

「公儀御用達だと!? てめーら、まさか女将さんに無体な真似を……」

「そのぐらいでいいでしょう、朽木《くつぎ》さん」

「そうですよ先生、無駄口は控えてくださいまし」

早見の言葉を遮った万造に続き、番頭も口を挟んできた。

「お店《たな》も忙しい時分でございます。さぁ、参りましょう、参りましょう」

「そうしよう。時は金なり、だからねぇ」

いそいそと先に立つ番頭に続き、万造は悠然と歩き出す。

早見たちには挨拶をするどころか、目もくれずじまいだった。

しかし、朽木と呼ばれた用心棒は違う。

去り際に今一度、じろりと早見たちに視線を向けてくる。

あからさまな威嚇《いかく》である。

「余計な真似はせぬのが身のためぞ、木っ端役人」

「てめー、まだケチを付ける気かい」

たちまち早見は眉を釣り上げる。

神谷と小関が両脇から腕を摑んで止めなければ、そのまま殴りかからんとする勢いであった。

対する朽木は、余裕綽々《しゃくしゃく》。

怒りの形相の早見を微塵《みじん》も恐れず、腰も引けてはいなかった。

「ははは、うぬらのためを思うて言うてやるのだ」

「何だとぉ」

「宿場町はうぬら町方の支配下には非《あら》ず。下手に騒ぎを起こせば、奉行が困ったことになるのが分からぬか」

「くっ……」

「さもあろう。配下の同心どもに範を示す立場の与力であれば尚のこと、下手な真似などできまいよ」

図星を指されて、早見は二の句が継げない。

代わりに身を乗り出したのは、神谷だった。

「止めとけ、十郎っ」

小関が制止するのに構わず、ずいと前に進み出る。

いつもの沈着冷静な態度と違う、怒りに燃えた眼差しである。

鋭い視線を、朽木は身じろぎもせずに受け止めた。

「うぬの顔には見覚えがある……たしか吉原の面番所に詰めておる、北町の隠密廻同心であったな？」

「左様。神谷十郎だ」

「北町の神谷か……ふっ、覚えておくぞ」

不敵に告げつつ、朽木は歩き出す。

先を行く万造と番頭を追う、雪駄履きの足の運びに隙はない。

射抜くが如き神谷の視線を背に受けながら、ぐらつきもしなかった。

小関はぽつりとつぶやいた。

「あの野郎、大した貫禄だな……無茶はいけねぇぜ、十郎」

「何程のこともない。次に出会《でお》うた折は、ただでは帰さぬ……」

気遣う小関に頷きながらも、神谷は去りゆく三人連れから視線を離さない。

一方の早見は、ふと思い出した様子でつぶやいた。

「あの旦那さまって呼ばれてた小洒落《こじゃれ》た野郎、しろかね屋じゃねぇのか」

「知ってるのかい、兵馬？」

「ああ」

小関に問われて、早見は答えた。

「白金の台町に店を構えて、手広く商いをしてる菓子屋のあるじだよ。もっとも瓦版の番付じゃ、万年小結に甘んじてるけどな」

つぶやく早見に、今度は神谷が問いかけた。

「されど菓子屋のあるじが何故《なにゆえ》、あのように剣呑《けんのん》な浪人者を連れておるのだ」

「用心棒ってことだろうぜ」

「やっぱり、そうかい」

早見の答えに、小関は合点が行った様子でつぶやいた。

「左様であろうな……」

神谷も納得した顔で頷く。浪人が凡百の遣い手ではないこと自体は、睨《にら》み合う前から見抜いていたのである。

「あれほどの手練を昼日中から連れ歩くとは、よほど後ろ暗いのであろうな」

「菓子職人としての評判がいいだけじゃなくて、よからぬ噂も多い奴だぜ。どれも御用にならねぇ、ギリギリのとこだがな」

神谷のつぶやきに早見が答える。

「ふん……おきれいな面《つら》ぁしやがって腹黒い奴だぜ」

小関が苦笑交じりにつぶやいた。

ともあれ、いつまでも表に立ったままではいられない。

三人が連れ立って足を運んだのは、お悔やみがてら探りを入れるため。

万造たちが開けたままにしていた戸口を潜り、早見たちは中に入っていく。

おしのは奥の仏間に戻って独り、悄然《しょうぜん》と座り込んでいた。

危ういところを救われはしたものの、立つ気力が出ずにいるのだ。

三人を見返す視線も虚《うつ》ろだった。

「夫はもう死にました。こがね屋も死んだのです……。お帰りください」

やつれた顔は涙まみれ。それは緊張が解けた反動でもあったが、早見たちには察しが付かない。

「女将さん……」

訳が分からぬまま、早見は立ち尽くす。

神谷と小関も同様だった。

仏間の前までは来てみたものの、敷居を越えることはできそうにない。

「お帰りくださいまし」

おしのは涙ながらに訴えかける。

これでは話をすることもままならない。

やむを得ず、三人は踵《きびす》を返した。

こがね屋を後にして、高輪の大木戸を潜る。

江戸湾から吹き寄せる潮風は、一月の末に至ってもまだ冷たい。

気分が滅入っている今は、尚のこと堪《こた》えた。

「うーん、どうしたもんかな……」

早見は困惑した顔でつぶやいた。

並んで歩く神谷も、無言で空を仰ぐばかり。

何があったのかは定かでないが、今のおしのの有り様では探りを入れるどころではなかった。

と、小関が思わぬことを言い出した。

「そうだ！　あの人に頼んでみたらどうだい」

「誰を差し向けようってんだい、おやじどの？」

「女は女同士ってことさね。ひとつ頼むぜ、十郎」

六

翌日早々、おたみは品川宿を目指して出立《しゅったつ》した。

昨日の夜、神谷から帰宅して早々に頼まれた、事件の探索をするためだ。

今日はおとみが家事を受け持つ番なので、こがね屋の調べに一日使える。

他ならぬ神谷の頼みとあれば、手を抜くわけにはいかない。

日本橋から東海道に出たのは、夜明け前の暁《あかつき》七つ（午前四時）。

存外に行き交う人が多いのは、早立ちの旅人が宿を出る頃だからだ。

故に女独りで歩いていても危険はなく、神谷が身分を証明する書き付けを持たせてくれたおかげで、町境の木戸では足止めをされずに済んだ。

高輪に着いたとき、まだ明け六つ（午前六時）までには間があった。

両側を土塁に挟まれた高輪の大木戸は、江戸への玄関口だけに警戒も厳しい。

しかし、おたみにかかれば雑作もなかった。

「母が急病なのでございます！　どうか先に行かせてくださいませ！」

「ううむ、されど決まりは決まりだからのう」

「お願いいたしまする!!」

ありふれた芝居もおたみが演じれば、迫力が違う。

まんまと番人を騙し、決まりの刻限より早く品川宿の土を踏んだのは、いつも店の前に生ゴミが捨てられているらしいと、神谷から聞かされたが故のこと。

案の定、今朝も魚の骨が山ほど戸口にぶちまけられていた。

おたみは眉ひとつ動かすことなく、片付けに取りかかった。

箒《ほうき》とちり取りは、隣の荒物屋の夫婦を叩き起こして借りた。

今朝を含めて一度ならず、生ゴミを捨てたはずと見なした上のことである。

「ご遠慮なくお任せくださいまし。このような有り様では、こちらさまもさぞお困りでございましょう？」

「それはそうですけど、通りすがりのお前さんが何もそこまで……」

「いえいえ、お気になさらないでくださいまし。私も目に付いたからには放っておけませぬので、お道具だけ貸していただければ十分でございます」

渋る夫婦に畳みかける、おたみの顔はあくまでにこやか。

しかし目までは笑っておらず、二人を圧する視線は鋭い。

借りた箒はわざと魚の骨まみれにし、生臭くして返すつもりであった。

そんなおたみの手練手管《てれんてくだ》も、おしのには通用しなかった。
「お話しすることは何もありませぬ。どうかお帰りくださいまし」
頑《かたく》なにそう言うばかりで、まるで相手にしようとしない。
傷心の余り、誰も信じられなくなっているのである。
しかし、おたみもただでは帰れない。
ここは策を弄《ろう》するより、正面から説き伏せるべきだろう。
「女将さん」
凜《りん》とした瞳を向けて、おたみはおしのに語りかける。
と、表から激しい音が聞こえてきた。
だだだだだ！
おびただしい数の石が、表の板戸に投げ付けられたのだ。
こがね屋の前には、またしても怒った群衆が押し寄せていた。
おたみが虚仮《こけ》にしてやった、荒物屋の夫婦も加わっている。
昨日とは違って邪魔をする用心棒の浪人がいないので、暴挙に出たのだ。
あの浪人がやったことも火に油を注いでいた。
群衆は昨日痛め付けられた恨みまで、こがね屋にぶつけているのである。

だだだだだ！

がんがんがんがん！

投石は止むどころか、激しくなる一方。

片手で握れる大きさにとどまらず、漬け物石ほどのものまで投げ付けて、板戸を破りにかかっているのだ。

今やおしのはどうにもならず、帳場に突っ伏して震えるばかり。

おたみを拒み通した気丈さは、もはやどこにも見出せない。

頼りなく震える姿を、おたみは無言で見下ろしていた。

余計なことを何も言わず、肩をそっと撫でてやる。

「おたみさん……」

おしのが顔を上げたときには側から離れ、土間に降り立っていた。

投石の衝撃で倒れかけた心張り棒に、迷うことなく手をかける。

わずかに開いた板戸の隙間から、すっと表に出る。

「何だ、何だ」

「どこの別嬪《べっぴん》だい、ありゃあ……」

押し寄せた群衆が、一瞬戸惑う。

その隙におたみは戸を閉め、正面に向き直った。
目を血走らせた群衆を、静かな面持ちで見返しただけではない。
すっと両の腕を拡げ、投石を遮るべく立ちはだかったのだ。
「このアマ、邪魔するんじゃねぇや！」
負けじと石を放ったのは、虚仮《こけ》にされた荒物屋の亭主。
しかし肩をかすめても、おたみは表情ひとつ変えはしない。
そのまま眉ひとつ動かさず無言のまま、ずんずん前に進みゆく。
恐れというものを感じさせぬ態度であった。
しかも石のほうから避けていくかの如く、一発とて命中しない。
前を見据えて迫り来るおたみの姿に、群衆は次第に怯え始めた。
「ひっ……」
荒物屋の亭主が、ぽとりと石を取り落とす。
傍らの女房も及び腰になっていた。
弱気とは、周りにも拡がるものだ。
対するおたみは相も変わらず動じぬまま、じりじり間合いを詰めてくる。
「ひいっ！」

女房が上げた悲鳴を合図に、どっと群衆は逃げ出した。

そんな光景を、変装した神谷と小関が物陰から見守っていた。

神谷が扮したのは行商の小間物屋。紅白粉《べにおしろい》に櫛《くし》かんざし、歯を磨く房楊枝《ふさようじ》から懐紙に至るまで引き出しの付いた箱に納めて担ぎ、女たちを相手に売り歩く商いがら美男が多いため、優男《やさおとこ》にはお誂《あつら》え向きの扮装である。

一方の小関は、僧侶を模した身なりをしていた。

「おじちゃん、あめをおくれ」

「ほら、こんなにもってきたよ！」

声をかけてきたのは大人たちの騒ぎが鎮まったのを見計らい、通りに出てきた裏店《うらだな》住まいの子どもたち。手に手に握っていたのは銭ではなく、どこからか拾い集めてきたらしい古釘や煙管《キセル》の雁首《がんくび》だった。

「おお、ありがとよ坊ずたち」

小関は嫌がることなく受け取ると、手桶に詰めて持参した水飴《みずあめ》を竹串に惜しみなく絡めて渡してやる。

「ほーら、とっかえべい、とっかえべいだ」

「わーい！」

「ありがとう、おじちゃん！」

たっぷりとおまけをしてもらい、気を良くした子どもたちは喜色満面。

江戸の行商人でも数が多い飴売りの扮装は、時代によって異なる。

当節の主流は独特の売り文句から『とっかえべい』と呼ばれており、元来は寺を建立する寄進を募るため、勧進坊主が金属類と引き換えに飴を配り歩いていたのを真似したもの。

小関はもとより儲《もう》けるつもりなど有りはせず、配るのも粟《あわ》が材料の安価な水飴なので、無邪気な子どもたちに少々おまけをしてやっても苦にはならない。商いの真似事をして口上を覚え、八丁堀の組屋敷に引き取ったお美津に見せてやれば心を和《なご》ませる役に立つであろうし、自腹を割いて衣装ともども借りてきたのも苦にはならない。

「とっかえべい、とっかえべい」

子どもたちに囲まれながら、とぼけた顔で口上を述べる小関のことを、界隈の人々は誰も疑ってはいなかった。

そうやって小関が周囲を欺《あざむ》いている間にも神谷は油断なく、こがね屋から目を離さずにいた。

もはや群衆は誰も残っておらず、おたみも店の中に姿を消した後。

いざとなれば助けに入るつもりだったが、幸いにも杞憂《きゆう》で済んだ。

しかし、まだ油断はできない。

しろかね屋の番頭と用心棒の朽木も身を潜《ひそ》め、一部始終を見ていたのだ。

おたみの安否を気遣う一方で目を光らせていたところ、初めはにやつくばかりだったのが不快げに顔を歪《ゆが》め、今にも立ち去ろうとしている。

当てが外れたとでも言いたげな素振りが、神谷は気になる。

（あやつら、わざとこやつらを指嗾《しそう》しおったのではあるまいか……）

こがね屋に押し寄せた人々は、何も無頼の徒ではない。

これまで持ち上げていた地元の名店が事件を起こし、しわ寄せで品川宿全体が悪い印象を持たれるようになったことに腹を立て、大挙して押しかけるに及んだものの、少なくとも昨日までは、当たりどころが悪ければ命に関わる投石をするほど血迷ってはいなかった。

宿場役人が見て見ぬ振りをしているとはいえ、明らかにやりすぎである。

群衆がそこまで怒り心頭に発したのは昨日、用心棒に手当たり次第に叩きのめされたが故のこと。

こがね屋とかねてより縁の深い、しろかね屋の用心棒に痛め付けられたのを逆恨《さかうら》みして、暴挙に及んだのだ。

これを行きがかり上のことではなく、あるじの万造が用心棒に指図をして引き起こさせたと考えれば、合点がいく。

かつて万造はこがね屋に奉公し、亡きあるじの清吉の兄弟子として働いていた身である。家付き娘のおしのに懸想《けそう》して婿入りを望んだものの、先代から認められずに暖簾分けをされるにとどまったのは、十年前の話であった。

こたびの事件は万造にとって、重ね重ね幸いなことと言えよう。

しろかね屋は売り上げこそ多いものの人気はこがね屋に一歩及ばず、公儀御用達の看板も未だに得られていなかった。

そんな立場が事件のおかげで逆転し、新たに江戸一番の菓子職人と名乗れる身になったのだから、万造は笑いが止まらぬはず。

そういう男に違いないと、神谷は察しを付けていた。

昨日、直《じか》に顔を合わせた上で判じたことである。

非業《ひごう》の最期を遂げた弟弟子を心からいたんでいるとは思えぬし、後家となったおしのを狙い、足を運んだのも一目瞭然。

あの男ならば抱えの用心棒を使い、投石を煽《あお》って怯えさせた上で親切ごかしに助けに入り、恩を売るぐらいのことは平気でやってのけるはずだ。

（外道どもめ、ふざけおって……）

怒りを覚えながらも油断なく、神谷は目を光らせる。

鋭い視線の先で、番頭と朽木が踵を返した。

「参るぞ、おやじどの」

背中越しに小関に告げて、神谷は歩き出す。

滾《たぎ》る怒りを内に秘め、悪の手先を尾行する身のこなしに隙は無かった。

七

勘付かれたのは品川宿を離れ、白金台町に入った直後だった。

店に直帰することなく道を逸《そ》れ、番頭と朽木が向かった先は泉岳寺《せんがくじ》。

かの四十七士が主君の浅野長矩《あさののながのり》の墓前に葬られ、近年は人形浄瑠璃《じょうるり》から歌舞伎《かぶき》芝居となった『仮名手本忠臣蔵《かなでほんちゅうしんぐら》』の人気もあって参詣する者が絶えぬ、曹洞宗《そうとうしゅう》の名刹《めいさつ》である。

赤穂《あこう》義士詣でに立ち寄ったのかと思いきや、二人は本堂に続く参道を真っすぐに進んでいく。左に曲がった先の墓所には、見向きもしない。

「……如何《いか》なる所存であろうか、おやじどの」

「……人混みに紛れて裏門からずらかる気だな。見逃すんじゃねぇぞ、十郎」

声を潜めて言葉を交わしつつ、神谷と小関は後を追う。

悪《あ》しき二人は賽銭箱《さいせんばこ》に小銭を放って形ばかり手を合わせ、なぜか庫裏《くり》にしばし立ち寄った後、お参りの善男善女で賑わう境内を離れていった。

朽木が向き直ったのは本堂の裏手に入り、周囲に人気が絶えた刹那《せつな》。

「お願いしますよ、先生っ」

朽木に一声告げるや、だっと番頭は駆け出した。

「野郎っ、待ちやがれい！」

小関が追おうとしたものの、今日は荷物が多すぎた。

水飴の桶ばかりか、回収した古釘や古煙管が詰まった頭陀袋《ずだぶくろ》まで抱えていては動きが鈍り、出遅れたのもやむを得ぬことだった。

一方の神谷は小間物の荷を下ろし、朽木と向き合っていた。

「どこからなりとかかって参れ、木っ端役人……」

余裕の態度で告げながら、朽木は刀に手を掛ける。

抜いたのは、一振りだけではなかった。

先に鞘《さや》を払った刀を右手に持ち、帯前の脇差《わきざし》に左手を伸ばす。

すらりと逆手で抜き放ちざま、順手に持ち替える。

朽木の刀さばきは付《つ》け焼《や》き刃《ば》ではなかった。

キーン！

脇差を閃《ひらめ》かせて弾いたのは、神谷が放った棒手裏剣。懐から抜く手も見せずに投じた飛剣《ひけん》を正確に、しかもわずかな動きで叩き落としたのだ。

カーン！

間を置かず放った二本目も、同様に阻まれた。

「む……」

新たな手裏剣を構えたものの、神谷は動くに動けない。

敵の動作が大きければ、付け入るのも容易いことだ。

だが、朽木の動きには無駄がなかった。

「野郎っ」

小関が摑《つか》みかかっても機敏な足さばきでかわし、正面から相手取って組み伏せられる愚を犯さずにいる。

一方で神谷からも視線を離さず、油断なく脇差で守りを固めているので不意を突くのもままならない。

初手《しょて》の攻防を難なく制した朽木は、悠然と二人を見返す。

「どうした木っ端役人、これで終わりか」

告げてくる口調は、あくまで余裕綽々。

それでいて、両手の得物は片時《かたとき》も遊んではいない。

脇差の切っ先は神谷に対し、棒手裏剣を投げ打つ動きを牽制している。

そして刀は小関にぴたりと向けられ、間合いを詰めるのを封じていた。

右手の刀を振るって攻め、左の脇差で守りを固めるのが二刀流。

かの宮本《みやもと》武蔵《むさし》が没する前に地《ち》、水《すい》、火《か》、風《ふう》、空《くう》の全五巻をまとめたものの、後の世の如く容易に入手できる書物ではなかった『五輪書《ごりんのしょ》』の全貌を、神谷を含む当節の武芸者たちは把握しきれていない。それでも大小の刀を駆使した攻防一致の剣法が手強いことは、十分に承知していた。

しかも朽木は臨機応変に、二刀を攻撃と防御のいずれにも用いている。

単に器用というだけでは、説明が付かないことであった。

（もしや、こやつは両利き……）

棒手裏剣を構えたまま、神谷は胸の内でつぶやく。

この男、左手も自在に使えるのだ。

左利きは厳しく矯正されるのが武家の習い。

刀は左腰に帯びて右手で抜き差しするのが常であり、元服して役目に就いた後に欠かせぬ筆硯《ひっけん》や算盤《そろばん》も、左手では扱いにくい造りとなっている。

朽木の場合も例外ではなかったはずだが、生来の左利きは未だに健在。

成長して剣術修行を始め、両利きの身にとっては有利と判じて、敢えて二刀の技を学んだのではあるまいか。

左様に見なせば、自在すぎる刀のさばきにも合点が行く。

（恐るべき奴……）

棒手裏剣を構えた神谷の右手が、微かに震える。

この場から自力で脱さなくては、神谷と小関は二刀の錆《さ》びにされてしまう。

泉岳寺の本堂裏は結界が張られたかの如く、立ち入る者は誰も居なかった。

参詣の善男善女はもとより、僧侶も一人として姿を見せない。名刹《めいさつ》ならば非常の折に備えて寺侍を抱えているはずなのに、駆け付ける気配は皆無であった。

「ははは、時の氏神《うじがみ》でも待っておるのか？」

焦る神谷を嘲《あざけ》りながら、朽木はうそぶく。

「助けを期したところで無駄であるぞ。あらかじめ人払いを頼んである故な」

「人払いだと……」

「うぬらがしつこく張り付いておった故、本堂の裏に誘い込んで始末してやろうと思うてな、番頭に金を包ませたのだ」

「それで庫裏に立ち寄ったのか……」

「ふっ、しろかね屋の名前を出せば易きことぞ。寄進をたんまり弾んでもろうた寺僧どもも、斬り合いが始まったとは思うてもおるまいがな。はははははは」

「ふざけた真似をしおって、不敬者め！」

キンッ。

怒りを込めて放った棒手裏剣を弾き返すや、ぶわっと朽木は前に跳び出す。

驚くほどの脚力であった。これでは次の手裏剣が間に合わない。

「く！」

迫り来る脇差に臆さず、神谷は抜刀した。

しかし、鞘から抜けたのは刀身の半ばまで。

キーン。

辛うじて受け止めたものの、脇差に込められた力は強い。
これでは迂闊《うかつ》に鞘も払えない。
朽木は脇差で釘付けにする一方、刀の切っ先を神谷の喉元に突き付けていた。
弓を射るかの如く、右の肘を大きく引き絞っている。
西日に煌《きらめ》く刀身は蛤刃《はまぐりば》。
肉厚でありながら鋭利な刃だ。
このままでは刺し貫かれるのを待つばかり。
「くっ……」
不覚にも足が震える。
「ははは、臆したな！」
朽木は笠に掛かって圧《お》してきた。
力強く肉迫され、神谷の腰が思わず揺らぐ。
こんなとき、いつまでも手をこまねいている小関ではない。
「そりゃっ」
胴間声《どうまごえ》を張り上げざまに、放ったのは鈎縄《かぎなわ》。
麻縄の先に取り付けた鉄製の鈎を襟などに打ち込み、搦《から》め取って動きを封じるための道具である。捕物御用で手強い剣客を相手取ることもしばしばの廻方同心にとって、最後の恃《たの》みと言うべき捕具《ほぐ》だ。

ぎゅん！

鉄鈎は唸りを上げ、朽木を目掛けて一直線に飛ぶ。

「よっしゃ！」

狙い違《たが》わず襟元に引っ掛けたのを見届け、小関はぐるぐる回り出す。

麻縄で朽木を縛り上げ、そのまま引きずり倒すつもりなのだ。

ずんぐりむっくりした体型からは予想もつかない機敏な動きと、持ち前の剛力を発揮すれば、十分に可能なはずであった。

二重……三重……。

見る間にぐるぐる巻きにされながらも、朽木の態度は泰山不動。神谷の喉元に突き付けた刀は相変わらず、微動だにしなかった。

「観念しろい、この野郎っ」

満身の力を込め、ぐいと小関は縄を引く。

そのとたん、太った体が後ろに倒れ込む。

存分に搦み付かせたはずの縄を、瞬時に断ち斬られてしまったのだ。

「おやじどのっ」

「ははは……甘い甘い、甘いのう」

尻餅をついた小関を朽木はせせら笑った。

いつの間にか脇差を垂直にして、巻き付いた縄の下に潜らせていたのである。

幾重にも縒《よ》り合わせた麻縄は、容易には断てぬはず。

だが朽木にとっては、ほんの朝飯前だったらしい。

この劣勢を立て直さなくては、勝負にならない。

一か八か、打って出るより他にあるまい――。

「ヤッ」

気合いを込めて、神谷は鞘を大きく引き絞る。

刀は右手で抜き差しするのが常だが、左手とて何もせずにいるわけではない。

とりわけ重要なのは抜刀するとき鞘を引き、右手の動きを助けること。

今の神谷と朽木のように体をほぼ密着させていても、左の鞘引《び》きが十分ならば右手をほとんど動かさずとも、抜き打つことが可能となる。

カキーン！

高らかに金属音を上げ、二条の刃がぶつかり合った。

ぐいぐい腰を入れて圧してくるのを、正面切って押し返すのは難しい。

ならば自ら刀を傾《かし》げ、受け流してしまえばいいのだ。

神谷の判断は的確だった。

きりきりと音を立てながら、蛤刃が刀身を伝って滑り落ちていく。

その場に踏みとどまっていれば、返す刀で斬られてしまう。

受け流した瞬間、神谷は地を蹴った。

間合いを取りざま、サッと刀を構え直す。

辛うじて窮地を脱することができたのも、日頃から正確な鞘引きをするように心がけていればこそ。勢いに任せて行動しがちな早見と違って、何事にも慎重で緻密な気性が、吉と出たのだ。

「ふん、少しはやるらしいな」

朽木は不敵に神谷を見返す。してやられながらも体《たい》を崩すことなく、二刀の切っ先は神谷と小関に油断なく向けられていた。

(こやつ、ただ者ではあるまいぞ……)

焦りが募《つの》る神谷の耳に、玉砂利を蹴って駆ける足音が聞こえてきた。

押っ取り刀で駆け付けたのは、二人の浪人。

逃げ帰った番頭の知らせを受けて、万造が差し向けたのである。

「朽木さん、加勢に参りましたぞ！」

「後はお任せを！」

口々にうそぶく二人は、いずれも二十代の半ばといったところ。

若いながらも、侮《あなど》れぬ連中だった。

「ヤッ」

一人が気合いも鋭く狙ってきたのは、神谷の裏小手。

「トアッ」

今一人が下段から斬り付けたのは、小関の股の付け根であった。

いずれも一撃で大量に出血し、致命傷となる箇所だ。

道場剣術しか知らぬ身ならば上段か中段の構えを取って、真《ま》っ向《こう》か袈裟《けさ》に刀を振るうはず。真剣勝負の場数を踏んで、人を斬り慣れているのだ。

神谷も小関も、かわすだけで精一杯。

一対一ならば倒せる相手だが、二刀流の手練が控えていては目の前の敵に集中してはいられない。

それをいいことに若い浪人たちは調子づき、神谷と小関を追い込んでいく。

「お、おのれ……」

「くそったれ……」

神谷も小関も息が荒い。

しかし、いつまでも劣勢のままではいられなかった。

しゃっ。

しゃっ。

白昼の空気を裂いて、二本の手裏剣が飛ぶ。

若い浪人たちを目がけ、続けざまに放ったのだ。

「うぬっ！」

「こやつ！」

怒号を上げながら刀を振るい、浪人たちは手裏剣を弾き返す。

その隙に小関は刃《やいば》の下から逃れ、神谷は朽木に向かって突進する。

手にしていたのは、最後の手裏剣。外してしまえば後がない。

しかし、神谷には十分な勝算があった。

手裏剣は矢と同様、間合いを詰めて打ち込むほど勢いが増す。

肉迫して近間から投じれば、如何なる手練といえども防ぎきれぬはずだった。

「鋭《えい》っ」

気合い一閃《いっせん》、鉄《くろがね》の刃が飛ぶ。

脇差で防いでくると先読みし、死角を突いて放った一投だった。

刹那。

カキーン！

朽木が閃かせたのは、右手で握った刀。

攻守の役目をとっさに入れ替え、神谷の奇襲を阻んだのである。

「勝負あったな、木っ端役人。こがね屋に二度と近付くでないぞ」

凄みを効かせる朽木はまたしても、左の脇差を神谷に突き付けていた。

切っ先を喉元に向けられていては、動くに動けない。小関も若い浪人たちに釘付けにされ、助けに割って入れなかった。

「ふん、未熟者どもめ……」

表情を強張らせる様を嘲笑《あざわら》いながら、朽木は二刀を納めた。

二人の仲間を引き連れて去っていく、足の運びは余裕綽々。

むろん隙など微塵も見せず、これ以上は食い下がっても返り討ちにされるのが目に見えていた。

「くそったれ……外道のくせに腕が立ちやがる連中だぜ……」

「………」

息を乱しながらぼやく小関に、神谷は一言も返せなかった。

八

その頃、おたみはこがね屋の奥でおしのと語り合っていた。

仏間に通され、清吉を拝ませてもらった上でのことである。

投石でぼろぼろにされた表の板戸は、おたみに呼ばれた大工が修繕中。

関わり合うのを恐れて渋るのを説き伏せ、修繕にかかる材料費と手間賃は暴挙に及んだ近所の人々から一人ずつ取り立てるように命じ、拒む者には自分が押しかけるからと伝えるように命じてあった。

支払いを拒絶する者は恐らく誰も居ないだろうし、二度と同じ真似を繰り返す愚か者も出ては来ないはず。

すべてはおたみの外見に似合わぬ、迫力の為せる業《わざ》だった。

「先程はありがとうございました。重ねて、心より御礼を申し上げます」

丁重《ていちょう》に礼を述べるおしのは、すっかりおたみに心を開いた様子。

昨日訪ねた神谷たちには明かされなかった、万造からのふざけた誘いについてもすでに一部始終を明かしていた。

「奉公人もみんな辞めてしまいました……残ったのは私と、先代から仕える番頭の五平《ごへい》だけにございます」

「事が起きた折に居た方々も、ですか？」

「はい。とても耐えられぬと申しまして……」

辛そうにつぶやくおしのを前に、おたみは黙り込む。

しばしの間を置き、言い出したのは思わぬことであった。

「女将さん……五平さんを別にして、職人さんは幾人居られましたのか」

「えっ」

「清吉さんがご先代より店を受け継がれてから事が起きるまで、こがね屋さんで抱えておられた方々について、知りたいのです」

「何となさるおつもりなのですか、おたみさん？」

「決して悪いようにはいたしません。何も訊《き》かずに教えてくださいまし」

告げる口調は穏やかながら、内に秘めた迫力は十分。

気圧《けお》されたおしのは問われるままに、必要なことをすべて明かしてくれた。

江戸湾が紅い夕陽に染まる頃、おたみは八丁堀の組屋敷に帰ってきた。

隣の小関家に立ち寄ったのは、おしのが土産に持たせてくれた心尽くしの菓子を敏江に渡すため。

お美津が引き取られたことは、かねてより承知の上である。

「まぁ、おたみさん」

「お食事時に失礼をいたします、お内儀さま」

しとやかに一礼すると、おたみは持参の包みを差し出した。

「存じ寄りから頂戴したおまんじゅうにございます。些少《さしょう》なれどお茶請けに召し上がってくださいまし」

「それはそれは、お気遣いをいただいて痛み入ります」

敏江は深々と頭を下げると、差し出された包みを受け取る。

いつもと変わらぬ、明るい笑みを浮かべている。

顔立ちこそ地味だが接する者をホッとさせてくれる、にこやかな笑顔だった。

しかし、その笑みが一瞬だけ強張ったのを、おたみは見逃さなかった。

何も問わずに辞去し、神谷家の門を潜りながらぼそりとつぶやく。

「まだ早かったやもしれぬ……哀れな……」

いつも冷静なおたみらしからぬ、切なげな響きを帯びた声である。

そんな感傷を見せたのも、ほんの一時のことであった。

「まぁ、おたみさん」

玄関に入ったところを迎えたのは着物に前掛けをした、ぽっちゃりした外見が愛らしい一人の女中。

「おとみちゃん、ご苦労さま」

労をねぎらうおたみの態度は、打ち解けたものだった。

日替わりで神谷家に通い奉公をしているおとみは、若いながらもしっかりしていて働き者。近所の評判も上々で、早見の息子の辰馬とも仲がいい。

「旦那さまはお帰りなの」

「はい。つい今し方、湯屋からお戻りになられたばかりです」

「そう」

おたみは脱いだ草履《ぞうり》を揃え、すっと立ち上がる。

小柄なおとみより、頭ひとつ大きい。

「後は私がお世話をするから、今日はもうお帰りなさい」

「はーい。それじゃ、お願いしますね」

嬉々として答えたおとみは、外した前掛けをいそいそと畳む。

おたみが何をやってきたのか、余計なことは一切詮索しなかった。


神谷は奥の自室で仰向けになり、腕枕をして寝転がっていた。

胸の内には、朽木に後れを取った悔しさが渦巻くばかり。

(おのれ、次は目にもの見せてくれるぞ……)

怒りをどれほど募らせたところで、役に立たぬことはもとより承知の上だ。

あの男は、掛け値抜きに強い。腕に覚えの手裏剣術だけでは太刀打ちできないと分かった以上、鍛え直すより他にあるまい。

(世の中はつくづく広い。まさか商家の雇われ用心棒に、あれほどの手練が居るとはな……)

そんなことを痛感していると、枕元から呼びかける声が聞こえた。

「旦那さま」

「おたみ？　いつの間に戻ったのか」

「今し方にございます。おとみは帰しました」

「左様であったか……本日は雑作をかけたな」

「何ほどのこともありませぬ」

さらりと答えた上で、おたみは言った。

「旦那さまこそ、お気遣いをいただきましてかたじけのう存じます」

「そなた、気付いておったのか……」

「おかげさまで心強うございました」

告げるおたみの態度に媚《こ》びはなかった。

それでいて、感謝の念を込めた態度はしおらしい。

「さ、左様か」

端整な顔を赤らめながら、神谷はおたみと向き合って座る。

その面前に、一通の書き付けが差し出された。

「こがね屋の女将さんから余さず聞き取って参りました。これまで奉公していた職人たちの名前と在所にございます」

「何と……そなた、そこまで教えてもろうたのか？」

「はい。この中に必ずや、毒を仕込んだ外道が居るに相違ないかと存じます」

言葉少なに答えるおたみに、恩着せがましい素振りは皆無。

こたびも神谷のために労を厭《いと》わず、大きな収穫を得てきてくれたのだった。

紙包みを手にして、敏江が玄関から戻ってくる。

奥の部屋では、小関が夕餉《ゆうげ》を堪能していた。

「あー美味い……敏江さんの料理はいつも結構な出来映えですねぇ」

くつろいだ私服姿でぱくつきながら褒《ほ》めちぎる口調は、常と変わらない。

「お前さんもそう思うだろ、なぁ？」

「はい」

お美津は行儀よく箸を遣い、分厚い卵焼きを口に運んでいた。

「まぁまぁ、嬉しいことを」

敏江は笑顔でお美津を見やる。

彩香が心血を注ぎ、継続して施した治療が功を奏し、痛々しい限りだった顔面の引き攣れはすでに完治していた。

食欲が旺盛になった甲斐あって血色はすっかり良くなり、声にも張りがある。

「おじさま、おかわりをしてもよろしいですか？」

「もちろんさね。敏江さん、俺もついでにお願いしますよ」

「はいはい、たんと盛らせていただきましょうね」

敏江は満面に笑みを浮かべ、まずは夫の差し出す碗から受け取る。

一刻（約二時間）ほど前に帰宅した小関はひどく疲れており、飴売りの衣装も道具もぼろぼろにされてしまっていたが、帰りを待っていたお美津を風呂に入れてやり、十分に温まった今はくつろいだ面持ちになっている。

お美津が小さな体にまとった浴衣《ゆかた》は、敏江が仕立ててやったもの。衣類はもとより寝具もすべて新調し、部屋にはさまざまなおもちゃや絵入りの読み物である草双紙《くさぞうし》も山ほど買い揃えられている。

小関夫婦にとって、預かり者の少女はかけがえのない存在となっていた。もとより仲のいい夫婦ではあったが、子どものいない暮らしはやはり寂しい。まるで我が子、というより孫に近い歳ながら、いつも敏江は嬉しそうに世話を焼き、腕によりをかけた美味しい料理を毎日食べさせてやっている。

だが、不安の種が無いわけではなかった。

夫婦に懐《なつ》いてはいるものの、お美津は決して笑わない。

亡き両親の躾《しつけ》がよほど行き届いていたらしく、行儀がいい上に好き嫌いを言うこともなかったが、未だに菓子には手をつけようとせずにいる。

今日もそんな態度は変わらず、敏江が食後に供した黒砂糖入りのまんじゅうをぱくついたのは小関のみ。

こがね屋の女将が拵えたとは知らぬはずなのに見向きもせず、今日も食事を終えて早々に、部屋の隅で人形を抱っこしていた。

八丁堀には辰馬を初めとして子どもも多いが、お美津は進んで友だちを作ろうとせず、いつも独りで遊んでいる。敏江が与えたままごと用の小さな什器《じゅうき》も気に入ってはいたが作り物の魚や野菜、水菓子には一切興味を示さず、とりわけ菓子の類《たぐい》はいつの間にか、手ぬぐいに包み込んで捨ててしまうのが常だった。

ましてや本物の菓子など、一顧《いっこ》だにしない。

両親の命を奪った毒入り菓子への恐怖が、失《う》せてはいないのだ。

「仕方あるめぇ。下手に構えたりしねぇで、のんびり見守るのが一番だろうよ」

表情を曇らせずにはいられぬ敏江を、声を潜めて小関は励ます。

「さぁお美津ちゃん、そろそろ寝る時分じゃねぇのかい」

「はい」

行儀よく答えると、お美津は立ち上がった。

敏江に手を引かれ、ちょこちょこ歩いて厠に向かう後ろ姿を小関は目を細めて見送っていた。

一方で、少女が抱えた心の傷の深さに打ちのめされずにはいられない。

（このままにゃしておけねぇぜ……俺たちの手で必ず、お前のおとっつぁんとおっかさんの仇《かたき》を取ってやるからな……）

改めて、固く心に誓う小関であった。

第三章　黒き企み

一

おたみの報告を受けた翌日早々、神谷は探索に乗り出した。

小関にも朝一番で呼びかけた上のことである。

「さすがはおたみさん、大した手際の良さだな……」

神谷から話を聞かされて、小関は感心しきりでつぶやいた。

「おや。おやじどのは、やり手と承知の上で探索を任せよと言うたではないか」

「そりゃそうだけどよ、これほどまでとは思わなかったぜ……あのお女中、やっぱり只者《ただもの》じゃねぇや……」

そんなことをつぶやきながら、小関は渡された書き付けに目を通す。

「ひいふうみい……おいおい、合わせて二十六人ってのはどういうこったい？」

思わず首を傾《かし》げる小関に、神谷は言った。

「事が起きるまで店に居《お》ったのは五人だけだ、おやじどの。暖簾《のれん》分けを許された万造も別にいたせば、残りはちょうど二十となる。いずれも暇を出され、店から追われた者たちぞ」

「それにしたって多すぎるだろう。こいつぁやっぱり稀有《けぶ》（奇妙）なこったぜ」

小関はまた猪首《いくび》を傾げる。

「なぁ十郎、こがね屋に先代から仕えてんのは、五平って番頭だけなんだよな」

「うむ。おたみはおしのさんから左様に聞いたそうだ」

「だったら暇を出された二十人は、清吉の代になってから雇われた奴ばかりってわけだ。その清吉が暖簾を継いだのは、たったの十年前……半年ごとに辞めさせちまうたぁ、幾ら厳しいにしても行き過ぎだろうぜ」

「俺も初めはそう思うた。したが、秘伝の製法を盗もうと入り込んだ輩《やから》の正体を見破り、次々に追い払《はろ》うたとなれば得心できようぞ」

「へっ、そういうことだったのかい」

苦笑しながらも、納得した様子で小関はつぶやく。

「するってぇと、その中の誰かの意趣返しってことも考えられるな」

「さもあろう。人の恨みとは、げに深きものである故な」

「まったくだな。逆恨みなら尚のこと、なかなか忘れちゃくれねぇもんさね」

声を低めて、神谷と小関は言葉を交わす。

「やっぱり一番疑わしいのは、お払い箱にされた連中だろうぜ……二十も調べを付けるとなれば相当な手間だが、ここはしらみつぶしに当たるしかあるめぇ」

「うむ……」

仲間たちの力を借りるわけにはいかなかった。

すでに早見は別の手がかりを求め、吟味方の上役や同僚たちの目を盗んで動き始めている。

新平と与七もそれぞれ別個に探索中のため、疑わしいと見なされる職人たちの調べは二人だけで行わざるを得ない。吉原の面番所詰めを含む隠密廻同心としての日々の御用をこなしながらではキツいことだが、無残に殺された御家人夫婦の無念を晴らし、窮地に陥ったこがね屋を救うためにはやるしかない。

「話は決まったな。疾《と》く参ろうぞ、おやじどの」

「合点だ」

小関は二つ返事で立ち上がった。

「すぐに着替えちまうから、ちょいとだけ待っててくんな」

畳んだ書き付けを神谷に返し、まずは袖なし羽織を脱ぐ。

神谷は頃合いを見計らい、朝餉《あさげ》が済むのを待って小関家を訪れていた。

組屋敷が隣同士であっても、礼儀は欠かせぬものである。自身の食事はおとみが来るのを待つことなく、おひつに残った飯を茶漬けにして、速やかに済ませた上での訪問だった。

敏江は男たちの語らいの邪魔をすることなく、台所にて洗い物中。

傍《かたわ》らにはお美津も立ち、手伝いに励んでいる。

甲斐甲斐《かいがい》しく敏江とお揃いの前掛けを締め、布巾《ふきん》を拡げた姿が可愛らしい。

「おばさま、そのおわんをくださいな」

「はいはい、お願いしますね」

もとより狭い屋敷なれば、和気藹々《わきあいあい》としたやり取りは奥まで聞こえていた。

「ふっ……今日も健やかな様子で何よりであるな」

「ああ。おかげさんでだいぶ明るくなってきたよ」

黒羽織の裾を帯の後ろに巻き込みながら、小関は微笑《ほほえ》む。

脱いだ部屋着は自ら畳み、足元の乱れ箱に置いていた。

「おとみさんも気に掛けてくれてるそうでな、お前さんとこに来る日は欠かさず遊んでもらってるって、敏江さんが言ってたぜ」

「そうらしいな。まことに可愛いお子でございますねと、常々申しておるよ」

「おたみさんほど別嬪《べっぴん》じゃねぇが、あれは気のいい娘だなぁ。初めは菓子を差し入れてもお美津が決して手を付けねぇから戸惑ってたみてぇだが、近頃はお八つ代わりに芋を持ってきてくれるらしいよ」

「芋とな？」

「しかも甘藷《かんしょ》ばかりじゃねぇのだぜ。衣《きぬ》かつぎを茹《う》でたのにほっくほくのじゃがたらと手を替え品を替え、飽きさせねぇように工夫をしてな……目の前で美味《おい》しそうに食べてみせるもんで、ちびも釣られてぱくついてるらしいや。おかげさまで引き取った頃よりずいぶん肥えましたと、敏江さんが笑ってたぜ」

朗《ほが》らかに答えつつ小関は脇差を帯び直し、袱紗《ふくさ》でくるんだ朱房《しゅぶさ》の十手を懐中に忍ばせる。同心の装いをしているときも十手を人目に触れさせぬのは、素性を隠して行動するのが常の、隠密廻同心ならではの習慣だった。

「そういや兵馬の倅《せがれ》も今じゃすっかりお美津に馴染《なじ》んで、いつも道場の行き帰りに顔を出してくれるのだぜ」

「まことか？　もじもじしてばかりで、近付きたがらなかったはずだが……」

「へっへっへっ、そいつぁただの照れってもんさね。ちびでも男だからなぁ」

怪訝《けげん》そうにつぶやく神谷に、小関は言った。

「ほら、お前さんにも覚えがあるだろうが？　八丁堀小町って呼ばれてたおきみちゃんに兵馬ともども懸想《けそう》してよ、元服前のくせに張り合ってたじゃねぇか」

「そ、それは昔のことであろうぞ」

しどろもどろになりながら、神谷は先に廊下へ出た。

「お、おやじどの。し、支度が調《ととの》うたのならば、疾く参ろうぞ」

「ははは、色男も若気の至りってやつは思い出したくないらしいなぁ」

背中を向けて促す様を、小関は可笑《おか》しげに見やる。からかいながらも床の間に歩み寄り、刀を取るのは忘れない。

「……………」

端整な顔を赤くしたまま、神谷は廊下を渡っていく。

玄関に出たとたん、元気一杯で挨拶をする声が聞こえてきた。

「おはようございます！」

見れば、辰馬がちょこんと立っている。

「あっ、神谷のおじちゃん！」

声をかけるより早く、辰馬は嬉々《きき》として呼びかけてくる。

「うむ、お早う」

目を細めて答えつつ、神谷はちいさな肩に担いだ防具を見やる。

鉄の格子に刺子《さしこ》の布団を付けた面、鹿革を手袋状に縫った小手、そして胴から股ぐらまでを保護する竹具足《ぐそく》は、辰馬が父子二代に亘《わた》って通う一刀流の中西《なかにし》道場に独特の稽古道具である。

「だいぶ様になって参ったな、辰馬」

「さまってなーに、おじちゃん？」

「かっこうがいいということだ」

「へへっ、ありがと」

「なに、世辞ではないよ」

いつも表情を崩さぬ神谷だが、子どもの前では頬も緩む。

年が明けて六歳になり、剣術道場に通い始めた辰馬は、幼いながらも日ごとに逞《たくま》しさを増していた。

この様子ならば、いずれ父親に劣らぬ偉丈夫《いじょうぶ》に育つはず。

（頼もしきものだ。まこと、先が楽しみぞ……）

早見と共に稽古に励んだ身として、神谷は感慨を覚えずにはいられなかった。

（ふふっ、俺も男の子が授かれば中西道場に通わせたきものだが、その前にまず嫁取りをせねばなるまいよ……）

そんなことを思ったとたん、おたみの顔が脳裏に浮かぶ。

（馬鹿な……何を考えておるのだ、俺は）

慌てて頭を振るのを、辰馬は不思議そうに見やる。

何であれ、子どもは気になれば口を衝《つ》いて出るのが常だ。

「どうしたの、おじちゃん？」

「き、気にするでない。ちと虫を追い払《はろ》うただけぞ」

とっさにごまかしているところに、敏江とお美津が顔を見せた。

「お早う辰馬さん、朝早くからご精が出ますね」

「おはようございます、おばちゃん！」

「まぁ、いつもお行儀のいいこと」

元気に答えるのに微笑み返し、敏江はそっとお美津を前に押しやる。

「さぁ、あなたもご挨拶をなさい」

「お……おはよ」

「おはよう、おみっちゃん!!」

もじもじしながら告げるお美津に、満面の笑みで応える辰馬だった。

二

それから幾日も経たないうちに月は明け、二月となった。

如月《きさらぎ》を迎えた江戸では、何かと行事が多い。

節分に続いて催される初午《はつうま》の祭りは、稲荷《いなり》明神への豊作祈願。

俗に「伊勢屋《いせや》稲荷に犬の糞《くそ》」と言われるほど、お稲荷さんを屋敷神として祀《まつ》る商家が多い江戸では繁盛を願い、油揚げを供えるばかりか餅《もち》まで搗《つ》く。

日本橋の八州屋も、朝早くから賑わいを見せていた。

暖簾《のれん》を掲げる前のひととき、小さいながらも立派な社《やしろ》が設けられた中庭には臼《うす》が据えられて、餅搗きの真っ最中。

奉公人一同の見守る中、杵《きね》を振るうはあるじの勢蔵。

「はいっ！」

ぺったん。

「ほいっ!!」

ぺったん。

腰を入れ、繰り返し搗くうちに餅は粘りを増していく。

勢蔵の動きは、年が明けて六十七になったとは思えぬほど力強い。初めのうちは例年どおり長女のお栄《えい》の婿である盛助《せいすけ》に搗かせていたが、余りにもへっぴり腰なのを見かねて取って代わり、惜しみない拍手喝采《かっさい》を浴びていた。

「旦那さま、日本一!」

「まことに惚《ほ》れ惚《ぼ》れいたします〜」

口々に声援を送るのは、番頭と手代たち。小僧の面々は揃いの襷《たすき》を掛けた女中を手伝い、ひっきりなしに庭と台所を行き来して、蒸した米と搗き上がった餅を交互に運ぶのに忙しい。

餅搗きには杵の動きに合わせて動く、相の手の存在も欠かせない。

臼の傍らに陣取って、甲斐甲斐しく餅を捏《こ》ねるは女房のお勝《かつ》。

つい先ほどまで、娘のお栄が務めていた役目であった。

婿の盛助が伸びてしまうと同時に、揃ってお役御免にさせたのだ。

夫と十歳違いのお勝は、当年取って五十七。

寿命が短い当時の世ではすでに老人の仲間入りをした歳だが、張りのある肌は齢《よわい》を重ねても美しく、肘《ひじ》まで露わにした腕は瑞々《みずみず》しい。

動きもまだまだ機敏で、杵を握る勢蔵とは息もぴったり。

「はいっ！」

ぺったん。

「ほいっ!!」

ぺったん。

老いた両親の見事な動きを横目に、縁側に座ったお栄は溜め息。

傍《かたわ》らには盛助がへたり込んで、はぁはぁ息を乱していた。

お栄は柳眉《りゅうび》を逆立てた。

「まったくもう、しっかりしてくださいな！」

「面目《めんぼく》ありません……」

叱り付けられた盛助はうつむくばかり。満足に杵を振るえず伸びてしまったのが、婿である以前に男として情けない。

されど、黙ったままでは気まずくなる。

お栄の顔色を窺《うかが》いつつ、盛助は話を変えた。

「それにしても、新平さんは肝心なときに当てになりませんね。与七も朝から見かけませんけれど、一体どこに行ったのやら……」

「弟でしたら、今日も朝早《はよ》うから白金台町ですよ」

「白金台町ですって？」

仏頂面《ぶっちょうづら》で答えたお栄に、盛助は驚いた声を上げる。

「品川宿の手前ではないですか。そんなところまで、また何故《なにゆえ》に……」

「あの子の目当てはしろかね屋ですよ、お前さま。このところ、妙に肩入れしておるのをご存じなかったのですか」

「しろかね屋といえば、名前だけはよく聞く菓子匠じゃないですか。そういえば新平さんはこのところ、やたらと甘いものを奉公人たちに配っておりました」

「やっと思い当たりましたのか。勘働きの悪いこと」

ようやく合点が行った様子の盛助を、お栄は苛立《いらだ》たしげに見返した。

「もそっとしっかりしてくだされ。何であれ人から問われて速やかに答えられるようでなくては、八州屋の帳場は切り盛りできませぬよ」

「す、すみません。たしかに毎日、新平さんの注文した菓子が山ほど届いておりましたね」

じろりと睨《にら》まれ、盛助はさらに話を逸《そ》らした。

「奉公人は大盤振る舞いにみんな喜んでいるみたいですけど、さすがに無駄遣いが過ぎるんじゃないですかね？　菓子屋を贔屓《ひいき》にしたいだけなら、わざわざ白金台町まで足を伸ばさずとも、日本橋界隈《かいわい》に幾らだってあるというのに……」

「どのみち捕物に絡んだことでありましょう。あの子は昔から何を問うても素直に答えず、のらりくらりと言い逃ればかりするので判然としませぬが……」

「まったく、新平さんの捕物道楽にも困ったものです」

「困りものなのはお前さまも同じでしょう。情けない」

言葉尻を捕らえるや、お栄は盛助を叱り付ける。奉公人には聞こえぬように声を低めているものの、声も表情も厳《いか》めしい。

「さ、早うお父っつぁんと代わってくださいまし！」

「やれやれ、とんだ藪蛇《やぶへび》でしたね……」

盛助は袖を捲り、臼のところへ戻っていく。

気を取り直して精一杯、婿の役目を前向きに果たす所存であった。

三

そんな八州屋をよそに、新平は東海道を闊歩《かっぽ》していた。

高輪の大木戸の手前で右に曲がり、向かう先は白金台町。

今日は大店《おおだな》の若旦那らしく着物の裾をきちんと正し、上等の着物に対《つい》の羽織を重ねた装いで、ゆったり歩みを進めている。

手にした信玄袋《しんげんぶくろ》は小ぶりながら、ずしりと重たげ。

たっぷり小判が詰まっているのが、一目で分かる。

程なく、行く手にしろかね屋の看板が見えてきた。

大店だけに間口は広く、潮の香りを孕《はら》んだ風にそよぐ暖簾も新しい。

その暖簾を潜《くぐ》ったとたん、一人の手代が駆け寄ってくる。

「いらっしゃいまし、若旦那！」

「おお、お早うさん」

「毎度ありがとうございます。さ、どうぞこちらへ」

鷹揚《おうよう》に挨拶を返す新平を、手代はすかさず奥に案内した。

下にも置かぬ扱いをするのはいつも金に糸目を付けることなく、大枚を散じてくれる上得意であればこそ。

「どうぞお召し上がりくださいまし」

茶に添えて手代が供したのは、折しも満開の梅の花を象《かたど》ったねりきり。

「ありがとう。ゆっくり頂戴するから、お前さんは商いをしておいで」

「それでは失礼いたします、若旦那」

手代は襖《ふすま》を閉じて去っていく。

新平は黒文字を遣い、黙々とねりきりを平らげた。

吐き出すほどには不味《まず》くないが、取り立てて美味くもなかった。

蓋《ふた》を開ければ、そんなありきたりな品しか作れぬ店なのである。

掛け値抜きに美味ければ、こがね屋の如く諸国に知れ渡るはず。

しかし人気はあくまで江戸どまりで、お膝元の品川宿から一歩離れて東海道に踏み出せば無名であった。

それもそのはずである。

何であれ宣伝にさえ力を入れれば、ある程度は世間に知れ渡る。

しろかね屋の菓子も例外ではなかったが瓦版屋には受けが悪く、例の菓子番付で万年小結に甘んじている理由を新平が手代から密かに聞き出したところ、万造が幾ら金を積んでも買収に応じてもらえず、あくまで公平に吟味をされたが故のことだった。

　そこでがっちり万造が手を組んだのは、広告宣伝を生業《なりわい》とする広目屋《ひろめや》。引き札と呼ばれるチラシを市中のあちこちに貼り出させ、徹底して店の名前を広めることによって、しろかね屋は売り上げを伸ばしたのだ。

　味一本で勝負してきた、暖簾元のこがね屋とはまるで違う。あるじの万造も無骨な職人の典型だった清吉とは真逆の、弁舌《べんぜつ》さわやかな色男として自ら広目に乗り出し、大店の寄り合いがあると聞き付ければ無償で土産を用意し、数を揃えて注文してくれれば現金で割り戻しする等、歓心を買うために策を弄《ろう》することを厭《いと》わずにいる。

　そんな万造の商いぶりは、もとより新平も承知の上。

　日本橋の呉服屋でも、しろかね屋の菓子を進物《しんもつ》に選ぶ店は二流三流。越後屋は言うに及ばず、八州屋でも一度として頼んだことはなかった。

　まともな菓子屋であるならば、もとより疑いの目など向けはしない。日頃から胡乱《うろん》な店と思っていたからこそ、金に糸目を付けずに入り込んだのだ。

　このところ新平は店をまったく手伝わず、しろかね屋に日参している。

金に飽かせて毎日大量に買い込むばかりか、あるじの万造とも親しくなって、『お前さんとこの菓子が私は気に入った。瓦版屋にも働きかけて、ぜひとも来年の菓子番付では、ひとり大関にしてあげよう』

などと請け合ったのが功《こう》を奏《そう》した。

大喜びした万造が気の利く手代を付けてくれたおかげで、しろかね屋の裏事情は聞き出し放題。

店の奥へ忍び込む経路に至るまで、すでに調べを付けてあった。

一方で与七には引き続き、毒物の探索を任せてある。

二人して取り組んだ本郷での聞き込みは、その後の早見の調べで空振りだったとわかったものの、江戸に薬種問屋は数多い。

こがね焼きに仕込まれた附子《ぶし》の出所を押さえるべく与七は毎日、足を棒にして頑張ってくれていた。

新平も、のんびり構えてはいられない。

(さて、お調子者との付き合いもそろそろ打ち切る頃合いかな……)

茶を喫しながら、新平は胸の内でつぶやく。

手代の前では笑顔を絶やさぬものの、今は童顔に浮かぶ表情も不快げだった。

菓子の出来が悪いばかりか、茶の味も芳《かんば》しくない。上等の宇治茶を用いていても蒸らしが足らず、本来の旨味《うまみ》を引き出せていなかった。

それでも残せば怪しまれるため、新平は碗底の茶葉まで余さず飲み干す。

「若旦那さま」

襖越しに猫撫で声が聞こえてきた。

菓子も茶も不味いが、頃合いを見計らうことだけは一人前らしい。

「ご苦労さん」

乾《ほ》した碗を茶托《ちゃたく》に戻すと、新平は腰を上げた。

すかさず襖を開けた手代は、期待を込めて問うてくる。

「若旦那、本日は何を差し上げましょう」

「そうだな……では、蒸し物を多めに貰《もら》うとしようかね」

「心得ました。されば、さっそく見繕《みつくろ》って参りましょう」

「よろしく頼むよ」

「お任せください」

愛想よく答えるや、手代はいそいそと下がっていく。

内心では呆《あき》れられているとは、夢にも思っていない様子であった。

一方の早見もあれから毎日、彩香の診療所に行くと称しては吟味方の用部屋を抜け出し、探索を重ねていた。

新平たちと分担して調べたのは、万造の抱える用心棒たちのこと。

二刀流の遣い手は朽木兵三《へいぞう》、二十九歳。若い浪人は林田蔵七《はやしだぞうしち》と森野六平太《もりのろっぺいた》。

中でも抜きん出て手強《てごわ》いと判じた相手は、朽木である。

右手の刀で攻め、左手の脇差で防ぐ大小二刀の剣技は、かの二天一流《にてんいち》に限らず複数の流派によって伝承されている。

朽木の振るう二刀流も、流派こそ無名だったが実力は本物。

しろかね屋に雇われる前から凄腕《すごうで》の、かつ非道な人斬りとして江戸市中よりも街道筋で若い仲間の二人ともども、広く名前を知られていたという。

それを教えてくれたのは片山軍馬《かたやまぐんま》と名乗る、品川宿の問屋場《といやば》に居候《いそうろう》中の老剣客。聞き込みに来た早見が不審者と見なされ、荒くれ揃いの人足たちに取り囲まれたところに止めに入った男であった。

「どのみち食い詰め浪人であろう。相手ならば任せておけい」

「無茶はしねぇでおくんなさいよ、先生も若くはねぇんですから……」

心配そうに呼びかけたのは、今し方まで早見を相手に息巻いていた人足頭《がしら》。

他の人足たちも一様に、二人して問屋場の裏へと向かう片山の後ろ姿を不安げに見送ったものであった。

問屋場とは公儀から命を受け、書状《しょじょう》や荷物を運ぶ人馬の手配と中継ぎを行う施設のこと。五街道を通じて日の本の津々浦々まで目を光らせる、幕府の支配に欠かせぬ問屋場の用心棒と言えば聞こえはいいが、実のところは食うに困って無一文で転がり込み、蓬髪弊衣《ほうはつへいい》で白髪頭が黄ばんだ老爺《ろうや》でしかなかった。

しかし、人は見かけによらぬもの。

老いた落武者と思いきや、これまで早見がどこで訊《き》いても判然とせずにいた朽木の過去を明かしてくれたのだ。

容易《ようい》に聞き出せたわけではない。

二人きりで向き合って早々に告げてきたのは、ふざけた言葉だった。

「朽木について知りたいと申しておったな。命が惜しくば止めておけ」

「へっ、お前さんにそんなことを言われる筋合いはねぇよ」

負けじと早見は言い返した。

「あいつにゃでっかい貸しがあるんでな、取り立てなくっちゃ気が済まねぇ」

「はぁ？　朽木に貸しだと？　はははは、これは可笑しい」

「何を笑ってやがるんでぇ！」

いきり立つ早見は古びた木綿の着物と袴をまとい、大小の二刀を落とし差しにした浪人姿。小銀杏髷《こいちょうまげ》は手ぬぐいで頬被りをして覆い隠し、町方役人であるとは分からぬように装っていた。

そんな早見を鼻で笑って、片山はうそぶいた。

「これが笑わずにいられるか。おぬしなど朽木の足元にも及ぶまいぞ」

「それじゃお前さん、俺が野郎に後れを取るとでも思ってんのかい」

「いや、儂《わし》にも勝てまいよ」

「何だと？」

「試してみるか、若造」

そう告げるなり、片山は刀を抜き打った。

外見こそみすぼらしいが、腕前は本物。

帯びていたのも刀身はもとより、鍔《つば》まで手入れの行き届いた一振りであった。

「何しやがる！」

横に跳んでかわしながら、早見は左腰の刀に手を掛ける。

理由はどうあれ、挑まれたからには応じるしかない。

「行くぜぇ、爺さん」

不敵に告げつつ、早見は鯉口《こいぐち》を切った。

鍔を押し出したのは、左の親指。

残る指も鍔元に添え、きっちりと揃えて握っていた。

刀とは、右手だけで操るものとは違う。

片手斬りにする場合を除けば、振りかぶって斬り下ろす際はもちろん抜き打つときも左手で鯉口を切り、角度を調整しなくてはならない。

そうすることによって、あらゆる場面と場合に応じることができるのだ。

老いても手練《てだれ》と見なした片山に立ち向かうべく、ぐんと早見は鞘《さや》を引く。

だらしない姿を装うため、帯を緩く締めてあるので鞘引《び》きはしやすい。

しゃっ。

鯉口から迸《ほとばし》り出た刃《やいば》が、鋭い音を立てて走る。

キーン！

鋭い金属音を上げ、刀と刀がぶつかり合う。

急な角度で抜き放った早見の刀身は、こちらの右足を狙った片山の斬り付けを後れることなく防いでいた。臑囲《すねがこ》いと呼ばれる、防御のための技である。

敵の攻めを阻んだ上は間を置くことなく、反撃しなくてはならない。

しかし、返す刀で斬り下げるには及ばなかった。

負けじと圧してくるかと思いきや、すっと片山が自ら刀を引いたのだ。

「やるのう、おぬし。これほどの腕前ならば、朽木にも太刀打ちし得《う》るか……」

納刀《のうとう》しながらつぶやく口調は、如何《いか》にも嬉しげ。

続いて口にしたのも、思いがけない一言だった。

「承知した。おぬしの知りたいことを、何なりと教えてやろう」

「えっ……お前さん、本気かい」

信じがたい様子で、早見は問い返す。

刃まで向けてきたくせに、これはどうした心変わりか。

訳が分からぬ早見に、片山は笑みを絶やすことなく告げた。

「ははは、何も勘繰《かんぐ》るには及ばぬ。その代わり、あやつにしかるべき罰《ばつ》を与えてやってはもらえぬか」

「罰だって？」

「しかと頼むぞ、八丁堀のお役人どの」

「何のこったい。俺はただの」

「ほれ、落としものだ」

ごまかそうとした早見の目の前に差し出されたのは、埃《ほこり》まみれの手ぬぐい。

見れば、結び目がすっぱりと断たれている。

刀を鞘に戻すとき、片山が切り裂いたのだ。力むことなく刃筋《はすじ》を通す術《すべ》を心得ていなくては、まず為し得ぬ妙技であった。

「大《てえ》した腕だな、お前さん……」

剥《む》き出しにされた小銀杏髷に手を遣《や》りつつ、早見は苦笑して見せた。

「ふっ、これに懲《こ》りたら年寄りを舐《な》めぬことだの」

皺だらけの頬を緩めていても、片山の目は真剣。

続いて早見に告げる口調も、真摯《しんし》そのものであった。

「儂は昔、朽木兵三と組んでおったのだ」

「ほんとかい⁉」

「あやつとは共に五街道を巡り歩き、いろいろと悪さをしたものよ……」

問わず語りをする口調は懐かしげ。

されど、やはり目までは笑っていなかった。

「肝胆相照《かんたん》らす仲であったのも昔の話だ。今はどうあっても許せぬ男ぞ」

遠い目をして片山はつぶやく。

「一言では申せぬことだが……あやつは儂から大事なものを奪いおったのだ」

「大事なものってぇのはあれか、やっぱりお金《たから》かい？」

「ふっ、銭金になど替えられぬ宝よ」

「何でぇ爺さん、やけに持って回った物言いをするじゃねぇか」

「ははは、左様に急《せ》くでない。年寄りとはそういうものだ」

焦《じ》れる早見を黙らせると、片山はおもむろに問うてきた。

「時におぬし、妻子は居《お》るのか」

「ああ。ちょいと別嬪だけど口喧《やかま》しい女房と、今年で六つになる元気が取り柄のちびが居《い》るよ」

「左様か……。道理でおぬし、満ち足りた顔をしておるのだな」

「そんなふうに見えるのかい？　改まって言われたことなんか無《ね》えけど」

「それだけおぬしは幸せ者なのだ。己が気付いておらぬだけで……な」

片山はしんみりとして言った。

「儂も一時《いっとき》、そんな暮らしをしておった」

「じゃ、お前さんにも女房子どもが居なすったのかい」

「うむ。五十も半ばを過ぎて、街道筋で懲《こ》りずに悪事を働くのも少々後ろめたくなった頃に、図らずも生まれて初めて所帯を持ってな……」

「へぇ、いい心がけじゃねぇか」

「儂の妻も、左様に言うてくれたよ。浪人の夫に若くして先立たれた後家なれど気立てのいい、女手ひとつで育てた娘の躾《しつけ》も行き届いたおなごであった。山里に居を構え、村の衆の厚意で畑を耕して暮らしを立てていたところに道中にて病を得て転がり込んだ儂を邪険にいたさず、そのまま居着かせてくれての……おかげで儂は無頼の暮らしから足を洗い、真っ当に生まれ変わることが叶《かの》うたのだ」

　早見は無言で片山を見返した。

　そんな幸せな日々を自ら捨て、老い先短い身で江戸に出てくるはずがない。

　案の定、明かされたのは無残な結末だった。

「名は体を表すとは、よく言うたものよ。朽木めは枯れ果てし木の如く、芽吹くことはもとより自らを伸ばすことも望んでおらぬ。当人が左様に生きようと割り切るのは勝手じゃが、あやつは他人の幸せも踏みにじらずにはいられぬ外道……

道中で見捨てた儂が堅気になったと聞き付けるや、留守を狙《ねろ》うて乗り込みおったのだ。儂の後釜として無頼の仲間に加えた、林田と森野を連れての。戻ったときにはすでに遅く、あやつらに散々いたぶられた二人は喉《のど》を突いて果てておった」

「爺さん……」

「儂はどうあっても妻子の意趣返しをせねばならぬ。故に老骨に鞭打って、はるばる江戸まで出て参ったのだ」

「それでお前さん、問屋場の世話になってんのかい？」

「うむ。ここの頭とは古い付き合いなのでな」

「だったら人足衆の手を借りて、やっつけちまえばいいじゃねぇか」

「馬鹿を申すな。あの者たちは荒くれ揃いなれど、ご公儀の御用を仰せつかる身なのだぞ。食い詰め者が私怨を晴らすのに巻き込むわけには参らぬ」

「おいおい、役人の手なら借りても構わねぇってのか」

「何を申す。おぬしは食い詰め浪人なのであろう」

「あっ、そうか……」

「ほれ、手付け代わりに呉《く》れてやるわ」

微笑みながら老剣客が差し出したのは、腰に提げていた手ぬぐい。

醤油《しょうゆ》で煮しめたような代物《しろもの》でも、再び髷を隠すには十分であった。

四

そうやって各自が調べを進めていた最中、神谷が八州屋を訪れたのは十日ほど経った後。夜が更け、新平が帰宅するのを見計らっての訪問だった。

「どうしたんです、旦那？」

「おぬしに頼みがある……」

「と、とにかくお上がりくださいまし」

疲労困憊《こんぱい》した様子の神谷を、新平は取り急ぎ奥の自室へ案内する。

同席させたのは、人払いをして戻ってきた与七のみ。

「すまぬな」

熱い茶を供されて人心地《ひとごこち》ついた神谷が見せたのは、ぼろぼろになったおたみの書き付け。ずらりと記された職人の名前は、ほとんどが棒線で消されていた。

「こやつらばかりは、どうしても裏が取れぬ……手伝《てつど》うてくれぬか」

そう言って指し示したのは、未だ消されずにいた二人の名前。

万造と今一人の職人こそが最後に残った、最も疑わしい相手であった。

翌朝も常の如く、新平は日本橋から東海道に踏み出した。

今日は独りきりではなく、与七をお供に連れている。信玄袋を手にした新平に対し、重そうな風呂敷包みを二つも提げていた。

「これはこれは若旦那、いらっしゃいまし」

迎えに出た手代は疑うことなく、二人を笑顔で奥まで案内する。

与七の素性をいちいち問い質《ただ》さなかったのも、お仕着せに前掛けを締めた姿を見れば、自分と同じ立場であるのが一目瞭然だからだ。

持参の風呂敷包みも土産と判じたらしく、詮索《せんさく》はされなかった。

もちろん催促などもしてこないが、物欲しげな視線が嫌らしい。

「重そうですねぇ」

「何てことはございません」

「お手伝いしましょうか」

「いえ、お気持ちだけで結構で……」

廊下を歩きながら問うてくるのを、与七は言葉少なにかわす。

平然と振る舞いながらも、胸の内ではむかついている。

あるじがあるじならば、奉公人も碌《ろく》なものではない。

悪事を暴くためとはいえ、しろかね屋に肩入れする振りをしなくてはならぬ新平は尚のこと、腹が立っているに違いなかった。

いつもの部屋に通されるや、二人は速やかに行動を開始した。

「頼むよ、与七」

「任せといておくんなさい」

頼もしく頷き返し、与七は立ち上がる。

持参の包みを提げて廊下に出ると、縁側から床下に忍び込む。

ずしりと重い荷物をひとつずつ押し入れた上で、這《は》い込んだのだ。

何食わぬ顔で、新平は居住まいを正す。

戻ってきたとき、手代は万造まで伴っていた。

「おや若旦那、お供はどちらへ？」

「急な用向きで使いに出しました」

「はて、廊下ではすれ違いませんでしたが……」

「庭伝いに失礼したのでありましょう。しろかね屋さん、挨拶もさせずに申し訳ありませんねぇ」

「いえいえ、お気になさいますな」

戸惑う手代に構わず、万造は悠然としていた。

「それよりも若旦那、桃の節句のご注文について、お話しさせていただいてもよろしいでしょうか」

「もちろんですとも。そのつもりで手金《てきん》も持参しておりますよ」

「それはそれは、恐れ入ります」

新平が取り出した袱紗《ふくさ》包みを見せられ、万造は喜色満面。

「さすがは若旦那、お話が早くて助かります」

お付きの手代も与七のことなど忘れ、傍らで嬉々として見守っていた。

この様子ならば、まず与七は見つかるまい。

新平が与七をしろかね屋に忍び込ませたのは、ある職人を調べるため。

神谷から頼まれてのことである。

おたみの書き付けを基に小関ともども調べて廻り、最後に残ったのはこがね屋からただ一人、事件の後にしろかね屋へ移った職人だった。

指摘を受ける以前から、新平も疑わしく思っていた相手である。

何より不審なのは、しろかね屋での扱いが妙にいいこと。

職人の世界とは武家に劣らず、上下の分に厳しいものだ。

しかも暖簾分けした本家とはいえ、あるじ同士が対立していた店から移ったとなれば尚のこと、風当たりはキツいはず。

にも拘わらず、その職人は特別扱いをされていた。

解《げ》せぬことである。

かくなる上は、手練の与七に腕を振るってもらわねばなるまい。

腕利きの盗っ人だった与七にとって、床下に忍び込むぐらいは朝飯前。新平があらかじめまとめてくれた屋内の見取り図は、昨夜のうちに頭に叩き込んであるので大事ない。

持参した風呂敷包みの中身は、水と食い物に防寒用の備え。

二月を迎えても余寒の厳しい最中のため、綿入れを用意したのだ。

もちろん分厚いものではなく、動きやすく薄めに仕立てたものなので狭い床下でも邪魔にはならない。

水は数本の竹筒に分けて詰め、握り飯は傷まぬように焼いてある。一晩で埒《らち》が明かなければ幾日でも身を潜め、粘るつもりだった。

確証が得られたのは、それから二日後の夜のこと。

「それじゃ長太《ちょうた》兄い、お言葉に甘えて言って参《めえ》りやす」

「おう、程々にしておけよ」

嬉々として外出していく若い連中を見送ると、その職人は住み込んでいる部屋から抜け出した。

足音を忍ばせて、向かった先は店の奥。

万造の部屋の前では、番頭がやきもきしながら待っていた。

「遅かったじゃないか長太さん。何をぐずぐずしてたんだい」

「すみやせん。若い衆《し》が今夜はなかなか出かけようとしなかったもんでね」

「それでお前さん、どうしたんだい」

「みんなで一杯やってこいって、小遣いを呉《く》れてやりましたよ。あーあ、とんだ散財でしたぜ」

「いちいち文句を言うんじゃない。いつも十分に渡してるだろ？」

「へっ、中抜きをしているくせによく言いやすねぇ」

「な、何をお言いだい」

「ぜんぶお見通しでござんすよ。欲を掻くのも程々になせぇまし」

「くっ……」

「それじゃ、入らせてもらいますぜ」

二の句が継げぬ番頭を尻目に、長太は部屋の障子を開けた。

「おや、来たかい」

「お待たせしやした、旦那」

万造に頭を下げるしぐさは、番頭と接するときと違って恭《うやうや》しい。

「お前さんにも雑作をかけるね、長太」

「何てことはありやせんよ。旦那は命の恩人でございますからね」

「おや、有難いと思ってくれてるのかい？」

「嫌ですねぇ、決まってるじゃござんせんか。くたばった清吉みてぇな堅物《かたぶつ》とは違って、旦那は話せるお人でございやすしね」

「ふっ、分かっているならそれでいいさね」

「へへへっ、恐れ入りやす」

腹立たしいやり取りを、与七は黙って床下で耳にしていた。

つい先頃までは清吉をあるじと仰ぎ、こがね焼きを作るのにも携わった長太は実は万造の子飼いだったのである。

と言っても、以前から奉公していたわけではない。

自分の店は持てないまでも腕のいい職人と認められ、あちこちの菓子匠で重宝されたものの心がけが悪く、博打にのめり込んで金に困っていた。

そんなところを万造に付け込まれ、遊ぶ金をふんだんにもらうかわりにこがね屋に潜入し、こがね焼きの秘伝を盗むように命じられていたのだ。

しかし清吉は用心深く、何度も盗もうと試みたものの失敗続き。

そして業を煮やした万造から指示を受け、渡された附子を溶かしてこがね焼きに仕込んだ、憎むべき実行犯だったのである。

「ったく清吉の野郎、後生大事に地獄まで秘伝の技を持っていきやがって……」

万造を前にして、長太は悔しげにつぶやいた。

「すみやせんねぇ旦那。あっしのこがね焼きじゃ、どうしたって清吉の出来には及びませんや。しろかね屋さんでせっかく売り出してくだすったってのに、申し訳ねぇ限りでさぁ」

「それは仕方があるまいよ。ぼちぼち売れてはいることだしね」

「そうですよ旦那さま、こがね屋への意趣返しはもう十分でございましょう」

番頭が揉《も》み手をしながら口を挟んだ。

「八州屋という後ろ盾も手に入ったことですし、あの世間知らずの馬鹿旦那のご機嫌さえ取っておけば、来年の番付で旦那さまが念願の大関になることは間違いございません。いずれは公儀御用達《ごようたし》の看板も……」

「そういうことだね。これで何もかも私の手に入る。ついでにおしのも……ね」

「へっへっへっ、よろしゅうござんしたねぇ」

長太が愛想笑いをした。

「あの女将《おかみ》さんは、ほんとにいい女でござんしたからねぇ。旦那とは美男美女でさぞかしお似合いでござんしょう。いっそ生き人形にして、桃の節句に花魁《おいらん》道中みてぇに町中を練り歩かせたいぐらいでさぁ」

「ははは、ありがとうよ」

万造は上機嫌。

しかし、番頭は今少し慎重だった。

「旦那さま、町方の役人どもはいかがいたしますか？」

「こがね屋の前で出くわした、北町の連中のことかい」

「左様にございます。こがね屋で長太さんが菓子に細工し、貧乏御家人の夫婦に死んでもらった折にも居合わせた、吟味方与力の早見兵馬に廻方同心の神谷十郎と小関孫兵衛……ちょいと常盤橋《ときわばし》まで出向いて門番に小銭を掴《つか》ませ、聞き出したことなんですが、あの二人の同心は隠密廻という特別な役目に就いているそうでございますよ。身なりを変えてあちこち出向き、調べを付けるとか」

「そいつらが嗅《か》ぎ回っていると言うのかい、番頭さん」

「そういうことも有り得ます。油断はなさらぬほうがよろしいかと」

「ふっ、何も案じることはないよ」

番頭の懸念を、万造は一笑に付した。

「こがね屋の一件はとっくに片が付いている。下《した》っ端《ぱ》が幾ら騒いだところで揉み消されるのがオチだろうさ」

「されど、万が一ということも……」

「大丈夫だよ。武阿弥《たけあみ》さまにも動いてもらっているのだから」

「まことですか？」

「欲深いお方だけにずいぶんと足元を見られたけどねぇ、おしのを献上しますと申し上げたら、二つ返事で引き受けてくだすったよ」

「それなら安心でございますが、せっかく手に入れなすった別嬪をほんとによろしいので？」

「構わないさ。もちろん、味見は私がさせてもらうがね」

万造は事もなげに言った。

「あの女は私のことを憎み抜いている。手に入れたところで本心から従うはずがありゃしない。だったら無理やり弄《もてあそ》んでやるだけで十分さね」

「勿体《もったい》ないことですが、旦那さまが左様に仰せでしたら……」

「ははは、それでいいのさ」

戸惑いを隠せぬ番頭をよそに、万造はうそぶいた。

「武阿弥さまもお目出度《めでた》いお方だよ。お古を下げ渡されるとも知らないで、せいぜい喜ぶがよかろうさ。はははははは」

不敵に笑う声を耳にしながら、与七は部屋の床下から離れていく。

聞くに堪えないやり取りの一部始終を余さず聞いていながら、眉《まゆ》ひとつ動かしはしなかった。

その夜のうちに、与七は新平と共に神谷家を訪ねた。当日の受け持ちだったおとみが夕餉の片付けを済ませ、辞去する頃合いを見計らっての訪問であった。

「武阿弥となな？　何故に茶坊主どのが……聞き間違いではないのか、与七」

「いいえ。決して間違いはござんせん」

念を押されて、与七は頭を振った。

「ふむ」

神谷が首を傾げたのも、無理はあるまい。

阿弥と名乗るのは、江戸城に勤める茶坊主たちの習い。

しかも武阿弥は、格上の御数寄屋《おすきや》坊主だ。

解せぬことだが、しろかね屋と繋《つな》がりを持っていても不思議ではなかった。茶坊主は茶道の宗匠でもあり、弟子を取ることが認められているからだ。

日頃から茶菓子を注文していれば万造と昵懇《じっこん》になり、頼みを引き受けることも有り得よう。

しかし悪事に及んでいるのを承知の上で後ろ盾になろうとは、行き過ぎた付き合いと見なさざるを得まい。

いずれにせよ、金が絡んでのことだろう。

斯《か》くなる上は依田に報告し、指示を仰がねばなるまい――。

五

依田政次は、このところ忙しい。

南町奉行が昨年の暮れに代替わりしたため、後任の者が役目に慣れるまで補佐をしなくてはならないからだ。

今日も定刻より早めに出仕し、本丸御殿の玄関近くの下部屋《しも》に入る。

新任の南町奉行は、まだ到着していない。

（ううむ、若い者は横着でいかんのう……）

胸の内でぼやきながらも口には出さず、手早く身なりを調えていく。

そんな多忙な日々の中での楽しみが、御用部屋で振る舞われる菓子だった。

とりわけ依田が好んだのは、公儀御用達のこがね屋が江戸城に納める逸品。

将軍から下げ渡されるため、いつも口にできるわけではなかったが、中でも絶品だったのは、巷《ちまた》でも評判のこがね焼きだった。

そのこがね焼きの味がこのところ、目に見えて落ちていた。

新任の南町奉行である土屋越前守正方《つちやえちぜんのかみまさかた》は、役目に不慣れなばかりか味にも疎《うと》いらしく未だ気付かずにいるが、依田にはすぐに分かった。

気になって茶坊主に問うたところ、御用達の看板を召し上げられたこがね屋に代わり、しろかね屋が納めているという。

その日のお八つに出されたのも、しろかね屋製のこがね焼きだった。


(不味い……かつてなく、酷《ひど》い出来じゃ)

声には出せぬ文句を、依田は熱い茶と共に飲み込んだ。

供された菓子はと見れば、たったひと口しか食べていない。

もとより無類の甘味好きであり、亡き八代将軍の吉宗公の側近くに仕えていた若い頃に倹約の精神を身に着けた、依田らしからぬことであった。

気付いた土屋が、不思議そうに問うてきた。

「何となされましたのか、和泉守《いずみのかみ》どの？」

「いや、ちと腹具合が優《すぐ》れぬのでな……」

さりげなくごまかすと、依田は再び机に向かう。

筆を執って書類をしたためながらも、疑念は尽きない。

(形こそ瓜二つなれど味は別物……しかも暖簾分けをされた店の職人が手がけたにしては、余りにも違いすぎる……これは一体、如何なることか)

と、襖越しに訪《おとな》いを入れる声がした。

「武阿弥にございます」

「入られよ」

「御免」

姿を見せたのは羽織袴をまとった姿も堂々たる、恰幅《かっぷく》のいい男。

武阿弥、五十二歳。

依田と同い年の武阿弥は平《ひら》の茶坊主ではなく、茶道の宗匠としても名の知れた御数寄屋坊主だ。

「和泉守さま、越前守さま、いつもご壮健で何よりにございます」

「痛み入る。そのほうも相変わらずらしいの」

「ははは、おかげさまで」

悪びれることなく、武阿弥は笑って見せた。

この男、良い評判ばかりが鳴り響いていたわけではない。

茶坊主を束ねる立場を悪用し、荒稼ぎをしているからだ。

僧形《そうぎょう》であっても、茶坊主たちは士分である。

身分としては御家人にすぎないものの、茶を淹《い》れるという役目から大奥以外は城中のどこにでも立ち入ることを許されており、自ずとさまざまな事情に詳しいため、役人ばかりか諸大名からも頼りにされる。人事であれ何であれ、いち早く情報を仕入れておけば対処がしやすいからだ。

まして格上の御数寄屋坊主は、大層な権勢を誇っている。

依田にしてみれば、嫌みのひとつも言いたくなる相手であった。

だが、今はそれよりも気になることがある。

「武阿弥、ひとつ尋ねても構わぬかの」

「ははは、何なりと仰せになられませ」

悠然と見返す顔は、計算高さを感じさせる。堅物の依田にしては珍しく、何か情報を得るべく取り引きを持ちかけられると見込んだらしい。

そんな期待に沿うことなく、依田は問うた。

「これなる菓子だが、味が変わっておらぬか」

「は？」

「そのほうならば存じておろう」

「さて、一向に思い当たりませぬな」

何食わぬ顔で武阿弥は答えた。

「皆さまにお出しする茶菓はすべて、この武阿弥が選《え》りすぐりしもの……お気のせいでございましょう」

「ふむ」

「ははは、少々お疲れなのでありましょうな」

釈然としない様子の依田を一笑に付し、じろりと視線を巡らせる。

「もそっとしっかりなされませ、越前守さま」

「み、躬共《みども》に言うておるのか⁉」

「はい」

唖然《あぜん》とするのを見返して、武阿弥は土屋に言った。

「人は疲弊《ひへい》いたさば味覚も鈍り、美味なるものが不味《まず》う思えることもしばしばにございます。和泉守さまがこのところお疲れなのは、畏《おそ》れながら越前守さまの尻拭いに慌ただしゅうしておられるせいではないかと」

「む……」

土屋は押し黙った。

相手は軽輩とはいえ、城中のあらゆる情報を握っている御数寄屋坊主。

下手に敵に廻せば、どんな嫌がらせをされるか分かったものではない。

悔しくても、ここは引き下がるより他になかった。

武阿弥の言いたい放題を咎められぬのは、依田も同じ。

表向きは庇《かば》ってもらった形となった以上、余計に追及はできかねた。

六

その頃、早見は南品川宿に居た。

「へっ、さすがは六地蔵の筆頭だなぁ」

感心しながら見上げていたのは、大きな地蔵。

座った姿でも六尺を軽く超える、堂々たる姿である。

江戸六地蔵の一体目が鎮座しているのは品川寺《ほんせん》。

平安の昔、かの弘法大師《こうぼうだいし》が一帯を治める品川氏に授けた水月《すいげつ》観音像を本尊とする、由緒正しき古寺《こじ》である。

当時から港町として栄える一帯を鎮守してきた品川寺の名物は、早見が振り仰いでいた地蔵像。

江戸と諸国を繋ぐ六つの街道——東海道、奥州街道、甲州街道、中山道《なかせんどう》、水戸街道、千葉街道の安全を祈願するため市中で寄進が集められ、六地蔵の一体目として宝永《ほうえい》五年（一七〇八）に奉安《ほうあん》されて四十年余り、街道を行き交う旅人と沿岸で漁に励む船々を、じっと見守ってくれている。

「これなら海の上からでも、よく見えるこったろうぜ」

今一度地蔵を見上げ、早見はつぶやく。

（待ってろよ、爺さん。きっと本懐を遂げさせてやるからな）

早見は片山に合力《ごうりき》して、朽木らを討ち取らせるつもりであった。

恃《たの》みの用心棒を三人まとめて失えば、万造も悠長に構えてはいられまい。しろかね屋の連中が浮き足立った隙を突き、早見たちが動かぬ証拠さえ摑んでしまえば、依田も重い腰を上げざるを得なくなる。そのためには何としても、仇討ちを成就させてやらねばならぬのだ。

（それにしても遅いなぁ、爺さん）

早見は街道に視線を戻す。

そこに駆け付ける足音が聞こえてきた。

鼻緒まで藁《わら》で編まれた、冷飯草履《ひやめしぞうり》を履いている。

「長らく待たせて済まなんだな、早見どの……問屋場の若い衆がつまらぬことで喧嘩を始めおった故、仲裁いたすのに手間を食ってしもうたのだ……」

「気にしなさんな、俺も今さっき来たところだよ」

息を切らせながら詫びる片山に、早見は気のいい笑みを返した。

早見は何も打算だけで、仇討ちに手を貸そうと思い立ったわけではない。

老い先短い片山に、何とか本懐を遂げさせてやりたい。

武士である前に男として左様に願えばこそ、ひと肌脱ぐ気になったのだ。

息を整えた片山は地蔵像の下に立ち、折り目正しく頭を下げた。

「本日はよしなに頼むぞ、早見どの」

「へっ、そんな改まった物言いなんかしなさんな」

「いやいや、そうは参るまい」

照れる早見に、片山は重ねて頭を下げる。

「貴公は儂にとって、救いの神に等しき御仁……この恩は終生忘れぬ所存ぞ」

「おいおい片山さん、礼を言うのは首尾よく事が終わった後にしてくんな。お前さんはこれから三人も相手取らなきゃならねぇのだぜ」

「うむ……そうだな」

「林田と森野は俺に任せておいて、お前さんは朽木と存分にやり合うこった」

「何、立ち会《お》うてもらうばかりか助太刀まで頼んで構わぬのか？」

「もとより俺はそのつもりだぜ。斬りはしねぇが、お前さんがぶった斬りやすいように痛め付けるぐれぇのことはさせてもらうよ。それで今日は刃引きを帯びてきたんだ」

「左様であったのか……まこと、貴公は頼もしいのう」

「まぁ、大船に乗った気分でいてくんな」

これから二人して白金台町へ赴き、しろかね屋に乗り込むつもりである。

片山が目と鼻の先に居ながら今日まで朽木らに手を出せずにいたのは、万造の庇護の下に居たからこそ。

それに妻女と義理の娘が凌辱《りょうじょく》され、自害に及んだ意趣返しは、正当な殺人とは見なされない。仇討ちは公認された復讐ではなく、当主を殺害した者を身内の者が成敗して汚名を雪《すす》ぎ、取り潰されるところだった家の存続を認めてもらうための制度にすぎないからだ。

夫が妻や子の仇を討つのは逆縁と見なされ、自身も罪に問われる。

まして、片山は叩けば埃が出る体である。

朽木らを首尾よく討ち取ったところで、過去の罪が明るみに出れば自身も罪人として処刑される羽目になってしまう。本懐を遂げた後であれば因果応報と諦めもつくが、下手に動いて相手に気付かれ、先回りして町奉行所に訴えられては元も子もあるまい。故に旧知の人足頭を頼って問屋場に身を寄せ、素性を知られぬように警戒しながら、様子を窺うにとどめていたのだ。

しかし、早見が手を貸せば話は違う。

片山が独りで事を起こせば問題だが、吟味方与力が間に入れば南北の町奉行はもとより公儀からも咎められずに済む。

「さて、そろそろ出向くとしようかい」

「うむ」

早見に肩を叩かれ、片山は毅然《きぜん》と頷き返す。

と、皺だらけの顔が強張った。

瞳に映ったのは、三人連れの浪人者。

先頭を歩いていたのは早見も見覚えのある、見るからに酷薄な顔立ちをした男——朽木兵三であった。

「久方ぶりだな、片山さん」

「うぬっ……」

「おぬしが問屋場に身を寄せておることは、かねてより承知しておったよ。意趣返しにわざわざ江戸まで出て参るとは、まことに大儀であったな」

　怒りの視線を涼しい顔で受け流し、朽木はうそぶく。

「はははは、老いぼれが無理をしおって」

「後生を大事にしておればいいものを、愚かなことよ」

　連れの林田と森野も調子に乗って、嘲笑を浴びせてきた。

「それにしても老いたものだな、片山さん」

　にやりと笑って、朽木が言った。

「街道筋で人斬り軍馬と恐れられた腕利きも、今は駄馬も同然の有り様……我らを討とうなどと埒《らち》もないことは考えず、問屋場でのんびり余生を過ごしたほうがよかろうぞ」

　すかさず林田と森野も追従した。

「うむ、朽木さんの申すとおりだ」

「引き上げたほうが身のためぞ、老いぼれ」

　口々に嘲《あざけ》る態度は舐めきったものだった。

　朽木と共に片山の妻子を慰み、自害に追い込んだのを微塵も恥じてはいない。

「おのれ！」

「待て、片山どのっ」

早見が止めても遅かった。一気に間合いを詰めていき、片山は鯉口を切る。

「わが妻と娘の無念、今こそ晴らそうぞ！」

駆け寄りながら鞘を払い、振りかぶる動きは機敏そのもの。

予期せぬ事態が起きたのは、一足一刀——一歩踏み込んで刀を振るえば確実に相手に届く、必殺の間合いに入った瞬間のことであった。

ぶつり。

嫌な音と共にちぎれたのは、草履の鼻緒。かねてより緩みがちだったのが早見との約束の刻限に遅れてしまい、慌てて駆け付けたのが災いして、ついに切れてしまったのだ。

そのままつんのめってしまうほど、片山も甘くはない。

しかし、一瞬でも動きが止まった隙を見逃す朽木ではなかった。

バシュッ。

無言で胴に浴びせたのは、刀による抜き打ち。

ズンッ！

続けて繰り出したのは、脇差の重たいひと突きだった。

「ぐ……」

「ははは、どうした老いぼれ？」

「まこと、如何なる名馬も老いては駄馬に劣るのぅ」

よろめく様を嘲り笑い、林田と森野も刀を抜く。

ふざけきった態度を取りながらも、動きは速い。

ザクッ！

バスッ!!

続けざまに袈裟《けさ》斬りを浴びせられ、片山は朱《あけ》に染まって崩れ落ちる。

早見に割って入る余裕を与えぬほど、瞬く間に起きた惨劇であった。

「残念だったな、木《こ》っ端《ぱ》役人」

茫然《ぼうぜん》とする早見を見返し、朽木はにやりと笑う。

のみならず、鯉口を切ろうとしたのを止める余裕すら持ち合わせていた。

「迂闊《うかつ》な真似は止めておけ。ここは寺社地ぞ」

「て、てめぇこそ無事じゃ済まねぇぞ！」

「ははは、案じてもらうには及ばぬよ」

朽木は事もなげに笑って見せた。

「俺の雇い主は上《うえ》つ方《かた》に顔が利く……寺社奉行に穏便に取り計らわせるぐらいは雑作もなきことぞ」

「何だと」

「うぬも宮仕えの身なれば、今少し賢うなったらどうだ。貧乏御家人や浪人など幾人死のうと、見て見ぬ振りをするが賢明ぞ」

そう言って嘲笑《あざわら》いながらも、朽木は隙を見せずにいる。

さしもの早見も、怒りに任せて仕掛けることはできなかった。

林田と森野が口々に言った。

「引き上げましょうぞ、朽木さん」

「まずは湯屋へ参りましょう。それから酒と女ですな」

返り血をしとどに浴びていながら、二人揃って平然としている。

故なくして人を殺すことを何とも思わぬ様は、まさに悪鬼羅刹《あっきらせつ》。

重ね重ね許しがたい、外道である。

悠々と去りゆく悪党どもに、早見は手を出せなかった。

朽木に釘を刺されたとおり、町方役人の力は寺社地では通用しない。

一介の浪人である朽木たちは尚のことのはずだが、万造は違う。御数寄屋坊主の武阿弥ばかりか寺社奉行にまで日頃から賄賂《わいろ》を贈り、無法を働いても目こぼしをしてもらえるように備えていたのだ。

今、この場で刀を抜いてしまえば早見は厳罰に処されてしまう。

たとえ独りで三人を斬り伏せても、腹を切る羽目になっては元も子もない。

湧き上がる怒りを抑えながら、黙って見送るより他になかった。

「すまねぇ、爺さん」

もはや動かぬ片山に詫びながら、早見は歩み寄っていく。

見開いたままの目を閉じさせ、そっと手を合わせることしかできなかった。

（外道どもめ、このままじゃ済まさねぇぞ……）

肩を震わせ合掌する早見の瞳は、かつてなく激しい怒りに燃えていた。


その夜、依田はすべての報告を受けた。

夜陰に乗じて奉行所の奥まで忍んできたのは、早見と神谷。小関は吉原大門脇の面番所に詰める役目があるため足を運べず、若い二人に説得を託したのだ。

「お願いしやす、お奉行っ！　影の御用を命じておくんなさい！」

大きな体をがばっと伏せて、早見は懇願した。

「それがしからも謹んでお願い申し上げます……何卒《なにとぞ》、ご下命《かめい》を」

並んで深々と頭を下げる神谷も、表情は真剣そのもの。

それぞれに眦《まなじり》を決し、依田の答えを待っている。

早見はともかく、神谷までもが熱くなるとは珍しい。

「ちと落ち着かぬか、おぬしたち……」

依田は静かに呼びかけた。

人の上に立つ身にとって、確約のできない即答は避けねばならぬこと。

依田の場合も例外ではなかった。

まして、これは人の命を左右する話である。

知らぬ間に配下の一同が調べを付けたのは、たしかに酷い話であった。

早見たちが名指ししたのも、かねてより評判の悪い連中ばかりである。

とは言え、何の確証もなしに退治してしまうわけにはいくまい。

「順を追って話を聞こうぞ……まずは早見、申してみよ」

「証しでしたら山ほどありますぜ、お奉行」

身を乗り出して、早見は言った。

「まずはしろかね屋の万造ですが、あいつは菓子職人の風上にも置けねぇ野郎でございやす」

「どういうことだ」

「手前の未熟を棚に上げ、師匠の跡を継いだ弟弟子に妬心《としん》を抱いて陥れやがったんですよ。こがね屋の清吉が一本気なのを逆手に取って、自ら首を括《くく》って果てるように事を運んだばかりか、別嬪の女将まで手に入れようとしてやがる……それも懸想《けそう》を重ねた末に添い遂げたいってわけじゃなく、人身御供《ひとみごくう》にするのがほんとの狙いだってんですから、到底許せるもんじゃありやせんよ」

「それだけではありませぬぞ、お奉行」

続いて神谷が口を開いた。

「万造はかねてより公儀御用達の看板を得るべく、御数寄屋坊主の武阿弥に取り入っておりました。未熟な己を顧みず、不出来な菓子を畏《おそ》れ多くも上様や御台様のお口に入れ奉らんといたすは言語道断。まことに許しがたきことかと」

「うむ……その儀ならば、儂にも心当たりがあるぞ」

「ほんとですかい」

「このところ、御城中にて上様より下し置かれる御菓子の味が目に見えて落ちてしもうての……武阿弥にはぐらかされたが、あれは間違いのう別物じゃ」

「さすがはお奉行、俺と同じで甘いもんにゃうるさいですからね」

わが意を得たりとばかりに早見が言った。

「俺が何より許せねぇのは、こがね焼きに毒を仕込みやがったことです」

「されば、あれはしろかね屋が糸を引いてのことなのか？」

「へい。手懐けた職人をこがね屋に送り込んで、一服盛らせたんですよ」

「何と……」

「そのせいで何の罪もねぇ、御家人の夫婦が命を落としているんですぜ。まだ小せぇ娘を独り遺して逝《い》っちまうなんざ、死んでも死にきれなかったことでござんしょう……」

早見は唇を噛み締める。

自分も子を持つ身なればこそ、許せないのだ。

思うところは、独り身の神谷も同じであった。

「そのお美津と申す幼子は小関のおやじどのが手元に引き取り、敏江さまが甲斐甲斐しゅう面倒を見ております。彩香どのの治療も功を奏して毒は抜け、健やかに過ごしてはおりますが、未だに菓子の類《たぐい》を一切受け付けず、幼き心に受けし傷は計り知れぬものかと……」

「……」

「改めてお願い申し上げやす、お奉行」

代わって早見が言上した。

「何も仰せつかってもいねぇのに勝手に動いちまったことは、幾重《いくえ》にもお詫びを申し上げやす。ですがお奉行、こいつぁ放っておけないことなんで」

「それがしも左様に存じます」

すかさず神谷も口を挟んだ。

「もとより甘味を好まぬそれがしなれど、菓子というものが日々の営みに欠かすべからざる癒しであるのは、重々承知しております。まして江戸一番と評判を取りし大関菓子に毒を仕込み、江都の治安を脅かせし輩《やから》の所業は、影の御用を以て我ら一同に裁かせていただくにふさわしき儀かと……何卒、上様にお取り計らいくださるよう、伏して願い上げ奉りまする」

「……」

覚悟の程を黙って見届け、すっと依田は視線を上げる。

家重にすべてを言上し、影の御用を仰せつかる。

そうしなくてはならないと、揺るぎない決意を固めていた。

第四章　密命下る

一

早見と神谷を引き取らせ、依田は黙って腕を組む。

「………」

淡い灯火に浮かぶ横顔は、憂《うれ》いの色を帯びている。

こたびの一件を今の今まで見逃していたのが、悔やまれてならないのだ。

御用に不慣れな南町奉行を補佐するのに慌ただしかったとはいえ、奉行所内の監督が疎《おろそ》かだったのは自分の落ち度。早見たちの意見を却下した古株の与力衆の適当な報告を鵜呑《うの》みにし、そのまま放っておいたのは迂闊《うかつ》であった。

自省を込めて、依田はつぶやく。

「悪党どもめ、思い知らせてやらねばなるまいぞ……」

たとえ商いの上での争いが発端であろうと、捨て置くわけにはいくまい。

商売に勝ち負けが付き物なのは、依田とて承知の上である。

武士にとっての合戦に等しい以上、負けられぬのは当たり前。商売敵《がたき》を制するためならば、時として権謀術数《けんぼうじゅつすう》を巡らせることも有り得よう。

しかし、万造のやり口は非道に過ぎる。

暖簾《のれん》分けをしてもらった恩を忘れ、かつての弟弟子が受け継いだ店の菓子に毒を仕込ませて死人を出し、評判を落とそうと目論《もくろ》むとは言語道断。

不幸にも悪《あ》しき企みに巻き込まれ、無残に殺害されたのが御家人の夫婦であることも、依田としては許しがたい。

御家人は軽輩とはいえ、将軍直属の家臣である。

邪《よこしま》な目的を遂げるための生贄《いけにえ》に仕立て上げるとは、何事か。

しかも神谷からの報告によると、万造の後ろ盾は御数寄屋坊主の武阿弥。

御城中でさまざまな秘事を見聞きできる立場を悪用し、袖の下を稼ぐだけでは飽き足らず、物の道理をわきまえぬ外道と結託していたのだ。

（許さぬ）

依田は無言のまま、部屋の角に置かれた箪笥《たんす》に歩み寄る。

引き出しの中にずらりと並んでいたのは着物ではなく、大小の刀だった。

一際長い刀を手に取り、鞘《さや》を払う。

抜き身を中段に構え、畳に膝を突く。

背筋を伸ばして、頭上へと振りかぶる。

しゃっ。

刃音も鋭く、長尺《ちょうじゃく》の刀が空気を裂いた。

刀は物打《ものうち》と呼ばれる、切っ先から三寸（約九センチ）程の部分をまず打ち込むことによって威力を発揮し、敵を斬り伏せる。

常に実戦を想定した依田の素振りは、正確にして剛直無比。

激しい怒りを覚えながらも、肩の力がきれいに抜けている。

感情に任せて事を起こしたところで、上手くいくとは限らぬものだ。

刀を振るうときも同様で、土台となる足腰を安定させつつ、肩を含めた上半身を柔軟に用いる心がけが欠かせない。

敵が手強《てごわ》い場合には、尚のことである。

武阿弥は、ただの守銭奴《しゅせんど》とは違う。

茶の道だけでなく弓馬刀鑓《きゆうばとうそう》にも精通しており、とりわけ鑓《やり》の手練《てだれ》と名高い。頭を丸めた僧形でも、ひとかどの武芸者なのだ。

そもそも表立って裁こうとしたところで、邪魔が入るのは目に見えていた。

日頃から武阿弥の機嫌を伺《うかが》うために袖の下を渡すのは、幕府の人事が気がかりな大名たちだけではない。老中や若年寄も折に触れて労をねぎらい、密かに金品まで下げ渡しているらしい。敵に回せば有らぬ噂を流されて、厄介《やつかい》な羽目になると承知の上だからだ。

しかし、やはり依田は見逃せなかった。

このまま好き勝手にさせておけば調子に乗って、更なる悪事に及ぶは必定。

これ以上は犠牲者を出してはならないし、お美津の如く不幸な子どもを増やすわけにもいくまい。

依田とて子を持つ親の立場である。

幼いわが子を残したまま、心ならずも命を落としてしまった御家人夫婦の無念を想えば、代わりに意趣返しをせずにはいられない。

炭を足さずにいた火鉢は、完全に冷え切っている。

暦の上では春とはいえ、夜が更けると冷え込みは厳しい。

凍てつく空気の中、依田は黙々と素振りを続ける。

町奉行として裁きを付けることが叶《かな》わなければ、裏で始末するのみだ。

そのためには、万全を期さねばなるまい。

鎧の錆《さ》びとならぬように腕を磨き直すのはもちろんだが、独断で事を成すわけにはいかない。

明日は何としてでも家重公に会い、許しを得るつもりであった。

二

江戸城中では官位によって控えの場所まで決められており、役人もほとんどの者は所定の御用部屋で執務するのみで、みだりに御城中を歩いて回ることは許されていなかった。まして将軍の御座所である中奥ともなれば、たとえ町奉行でも勝手に乗り込むわけにはいかない。

そこで依田が思いついたのは影の御用の仲介役でもある、御側御用取次《おそばごようとりつぎ》の田沼《たぬま》主殿頭意次《とのものかみおきつぐ》を上手く使うことだった。

家重公が亡き父の吉宗公に倣《なら》って密かに始めた影の御用に、田沼はそれほど気を入れて合力《ごうりき》していない。嫌々ながら手伝っているのが見え見えで、いつも本気で密命を遂行している依田から見れば、不快極まりない態度だった。

そんな田沼を利用したところで胸は痛まぬし、影の御用について何も知らない南町奉行の土屋の目をごまかす上でも、役に立ってもらわねばなるまい──。


翌朝、依田は何食わぬ顔で登城した。

異変が起きたのは下部屋から移動して、襖が閉じられた直後のこと。

「和泉守どの、何処《いずこ》へお出《い》でになられるのですか？」

土屋が怪訝《けげん》そうに問うたのも無理はない。

二人揃って御用部屋に入るなり、依田が立ち上がったのだ。

未だ寒い日が続いているとはいえ、小便を我慢していたわけではあるまい。

寝坊して遅参ぎりぎりとなるのが常の土屋ならばともかく、万事にそつのない依田であれば厠《かわや》など、下部屋に居る間に着替えともども済ませたはず。

それなのにどうして今朝に限って、机に着くなり無作法にも席を立つのか。

らしからぬ振る舞いの理由は、恥ずかしそうに明かされた。

「相済まぬな、越前守どの。ちと見逃してもらえぬか」

「承知つかまつりました。何かあれば躬共《みども》がお茶を濁しておきます故、疾《と》くご用を済ませて来られませ」

土屋が二つ返事で答えたのは、常日頃から世話になっていればこそ。

しかし、今度は依田が怪訝な顔をする番だった。

「用を済ませる？　何を？」

「こ、小用《こよう》なのでござろう」

「さに非《あら》ず。心得違いをなされるな、越前守どの」

「違うのですか、和泉守どの」

生真面目《きまじめ》な答えっぷりに戸惑いながらも、土屋は改めて問いかける。

返されたのは、思わぬ答え。

「実は御側御用取次どのより、急なお呼び出しがあったのだ」

「主殿頭が貴公を呼び出し？　ご老中を差し置いて？」

「左様。逆らうわけにも参らぬ故な、これより中奥まで同行つかまつる次第よ」

溜め息混じりに、依田は続けてぼやいた。

「あれが身勝手な御仁《ごじん》であることは、越前守どののもご存じのはずぞ」

「もとより承知の上なれど、貴公も遠慮をしすぎでございましょう」

対する土屋は立腹ぎみ。

怒りを覚えた余りに、思わず声を荒らげていた。

「主殿頭など所詮《しょせん》は小姓あがりの若輩者《じゃくはいもの》！　何程のものですか！」

「御城中にござるぞ、越前守どの」

「いーや、黙ってはおられませぬ」

依田がやんわり注意を与えても、ひとたび火の付いた怒りは収まらない。

「あの若造は貴公に限らず、幕閣のお歴々が甘やかしておられるから付け上がるのです！　何ですか、如何《いか》に頭が切れて目鼻立ちが形良う整うておっても、いざとなれば役にも立たぬ、小便垂れの臆病者ではありませぬか！　あのような武士の風上にも置けぬ者が御側御用取次では……」

更なる悪口を並べ立てようとした刹那《せつな》、すっと部屋の襖が開いた。

「遅いではありませぬか、和泉守どの」

敷居際で立ったまま、不機嫌そうに告げてきたのは三十半ばと思《おぼ》しき、裃《かみしも》姿も凛々《りり》しい男。

整った顔立ちをした、見るからに女受けの良さそうな美男である。

「こ、これは主殿頭どの」

細面《ほそおもて》の甘い顔を目の当たりにしたとたん、土屋は慌てて口を閉ざした。

後ろから袖を引いて促し、依田は共に頭を下げる。

南北の町奉行が揃って平伏する様を、その男は憮然《ぶぜん》と見下ろしていた。

目を向けた相手は土屋。

睨《にら》むだけで許すことなく、語気も鋭く問いかける。

「越前守どの、臆病者がどうのと聞こえておりましたが何事ですかな」

口調こそ折り目正しいものの、視線はキツい。

「そ、それは」

答えに窮し、土屋は青い顔になるばかり。

「主殿頭どの、待たれよ」

依田が立ち上がりざまに口を挟んだ。

「越前守どのは小普請組《こぶしんぐみ》での御用こそ年季が入っておられても、御城勤めは未だ不慣れにござる。どうか大目に見て差し上げよ」

助け舟を出す表情は真剣そのもの。

怒り心頭の男も、さすがにそれ以上は責められなかった。

「疾く参ろうぞ、主殿頭どの」

「心得ました。されば、こちらへ……」

袴の裾を翻《ひるがえ》し、男は先に立って歩き出す。

田沼意次、三十六歳。

家重公から寄せられる信頼も厚い、若き御側御用取次である。

何の前触れもなく町奉行の御用部屋まで乗り込んできたのは、本意ではない。

依田は今朝、登城する途中で田沼の屋敷に立ち寄った。

呼び出した依田に待たされた態《てい》を装い、焦《じ》れた様子で御用部屋まで迎えに来てくれるように、あらかじめ頼んでおいたのだ。

以前であれば容易《ようい》に首肯しなかったであろう田沼も、こたびは言われるがままに動いてくれた。

年の瀬に寛永寺《かんえいじ》での一件で赤っ恥を搔き、御城中で笑いものとなっていたのを庇《かば》ってもらっていたからである。

参詣中に刺客の一団に襲われた家重公を護《まも》って戦うどころかへたり込み、小便まで漏らしてしまった現場を絵に描かれ、大奥ばかりか中奥にまでばらまかれたのを依田は速やかに回収させ、何者の仕業なのかを引き続き内偵中。

そんな恩義がある以上、如何に傲慢《ごうまん》な田沼でも無下《むげ》に断るわけにはいくまい。

四の五の言わず依田に協力し、影の御用のことを何も知らない土屋の目をごまかした上で朝早くから中奥まで案内をさせられたのも、やむなきことであった。

「和泉守どの、その後のお調べは進んでおられますか……」

「大事はござらぬ。お任せあれ」

恐る恐る問うてくる田沼に答える依田は、毅然《きぜん》と前を向いたまま。

小便を漏らした件で恩義を作ったのは、あくまで駆け引きの上のこと。露骨に探索の手を抜いてこそいないものの最初から本腰など入れてはおらず、もとより肩入れも同情もしていない。

誰がやったことかは未だに分からぬものの、生意気な若造を多少なりとも大人しくさせるには良い薬。本心では、そのようにしか思ってはいなかった。

三

江戸城の中奥は、将軍が日中の大半を過ごす場所である。

男子禁制の大奥とも繋《つな》がっており、たとえ町奉行であってもみだりに出入りをすることはできかねる。

しかし御側御用取次ならば、大奥を含めて自在に行き来が可能。

それでも年が明けてしばらくの間、奥女中たちからも物笑いの種にされていたらしいが、依田が御広敷《おひろしき》詰めの友人に確かめたところ、美男で頭も切れるくせに頼りないところがまた可愛いと、近頃は見直されつつあるらしい。

そんな田沼に先導され、依田は長い廊下を渡りゆく。

家重公は将軍専用の居間である御休息之間より更に奥に設けられた、御用之間と呼ばれる小部屋に、すでに独りで入っていた。

小姓衆も立ち入ることを許されぬ御用之間は、将軍が人目を気にせず息抜きをするための、文字どおりの私室である。

途中までついてきた二人の小姓も、そのあたりはわきまえていた。

「されば主殿頭さま、後はよろしゅうお頼み申し上げます」

「和泉守さまも何卒よしなに……」

口々に告げてくる小姓たちに、田沼は言った。

「暫時《しばし》のこととなれば案じるには及ばぬ。下がっておれ」

「ははっ」

小姓たちは一礼し、それぞれに捧げ持っていた品を差し出す。

田沼に任せたのは茶菓の用意が調えられた、脚付きのお膳。

依田が託されたのは拵《こしら》えも見事な、家重公の佩刀《はいとう》だった。

田沼に雑用を頼む一方で、有事に備えた警固《けいご》役は官位こそ上であるものの幕閣における立場は弱い、依田に委ねたのだ。

危機に際して主君を護り、戦い抜ける腕の違いに照らせば当然なれど、田沼としては恥ずべきことであった。

それでも眉《まゆ》ひとつ動かさず、閉じられた襖越しに訪《おとな》いを入れる。

「上様、和泉守どのをお連れいたしました」

「……………」

襖越しに聞こえてきたのは、囁《ささや》くような細い声。

依田も声が発せられたと気付いたものの意味までは分からず、田沼に頼らざるを得なかった。

「御意《ぎょい》」

田沼はお膳を傍《かたわ》らに置き、すっと障子を開けた。

敷居際で一礼し、依田と共に中へと入る。

将軍の私室とは思えぬほど、御用之間はこぢんまりした部屋だった。

四畳半の空間に置かれた調度品は、黒塗りの簞笥《たんす》に書き物用の机のみ。

家重公は上座に着き、無言でこちらを見ている。

その視線は、田沼が運んできたお膳に注がれていた。

「上様、ご所望のこがね焼きにございます」

「……………」

「どうぞ、お召し上がりくだされ」

黙って頷《うなず》く家重公に、田沼はうやうやしく茶菓を供した。

しかし、手は伸びない。

代わりに視線を動かし、平伏していた依田を見やる。

その視線に気付き、依田は微《かす》かに視線を上げた。

(食うてみよ)

口ではなく目で、家重公はそう言っている。

依田は黙って腰を上げ、膝を前に進めて行った。

「和泉守どの⁉」

「上様のお許しにござれば、御免」

慌てる田沼に一言告げつつ、取り出したのは懐紙。

お膳の前で一礼し、くるんで取った焼き菓子を口に運ぶ。

余さず食べ終える様を、家重公はじっと見ていた。

(どうじゃ?)

再び視線で問うてきたのに、依田は口元を拭いた上で答えた。

「畏《おそ》れながら、上様と御台《みだい》様が召し上がる代物《しろもの》ではございませぬ」

それもそのはずだった。

田沼が家重公に供したのは万造がこがね屋名物を真似て、子飼いの長太に作らせたそっくり菓子。

亡き清吉から秘伝を盗めずじまいだった長太がどれほど腕を凝らし、形だけをそれらしく拵えたところで、もとより美味《うま》いわけがない。

しかし家重公は咎《とが》めることなく、田沼をじろりと睨む。

美味と評判で大関菓子となったはずなのに、どうしてここまで不味《まず》いのか。

いちいち口に出さずとも、目を見れば分かる。

耐えきれず、田沼はその場で平伏した。

「も、申し訳ありませぬ!」

平謝りするしかなかったのは、身に覚えがあればこそ。

武阿弥から袖の下を贈られて抱き込まれ、こがね屋に代わって将軍と御台所が口にする菓子を御城中に納めるように、しろかね屋に申し付けていたのだ。すぐには無理でも、いずれ公儀御用達《ごようたし》の看板を与える前提で命じたことだった。

田沼も一応は味見をしたものの、ここまで不評と思っていなかったらしい。

「う、上様」

家重公は無言で立ち上がり、うろたえて動けぬ田沼の前に立つ。

ぽかり！

今日の拳骨《げんこつ》は、常にも増してキツかった。

さすがに他の者たちの目の前では、家重公もこんな真似はしない。

だが、今この場に居るのは三人のみ。

若いくせに甘い汁を吸うことを覚えた愚か者は、こうやって正してやるより他になかった。


それから依田は、事の一部始終を家重公に言上した。

「よくぞ知らせてくれたの、和泉守。それにしても、余の膝元でありながら江戸には不届き至極な輩《やから》が絶えぬのだな……まことに遺憾《いかん》なことぞ」

話を聞き終えた家重公に代わって、依田に答えを伝えたのは田沼。

さすがに込み入った話となると、互いに視線を交わすだけでは難しい。

頭を思い切り叩かれた痛みと恥辱に耐えながら、田沼は任を果たしていた。

「余もこの菓子の味が急に変わったことには気付いておったが、それほどまでに悪辣《あくらつ》なる企みがあったとは言語道断……親がわが子の口に入れても安心なものを作るべき身でありながら、左様な悪行に及んで何ら憚《はばか》らず、あまつさえ御用達の看板まで欲しがるとは不届き千万。まさに万死に値することぞ……」

田沼は家重公が耳元で囁く言葉を一言一句、間違えることなく訳している。

話す言葉こそ不明瞭な家重公だが耳は敏《さと》い。意に反した訳し方をすれば即座に拳が飛んでくるのだから、油断は禁物である。

「時に和泉守、その御家人の娘は幾つなのか」

「美津と申す、当年五つになったばかりの幼子《おさなご》にございます」

「お美津か……未だ幼き身で不憫《ふびん》なことだの」

痛ましげな家重公の表情に合わせて、田沼も眉を曇らせる。

しかし、続いて聞かされた一言には、愕然《がくぜん》とせずにはいられなかった。

「そ、その子に養い扶持《ふち》を与えたい？　それはなりませぬぞ上様。御公儀も財政苦しき折なれば、無駄な米など一粒たりとも……」

ぽかん！

異を唱えようとしたとたん、またしても田沼の頭が鳴った。

立ち上がった家重公は矢を射るかの如く、肘《ひじ》を後ろに引き絞っている。

余計なことを口にすれば容赦《ようしゃ》なく、更に鉄拳を叩き込むつもりなのだ。

一言も返せぬ田沼を尻目に、家重公は依田に視線を転じる。

「聞いてのとおりぞ、和泉守。養い扶持はそのほうが受け取り、親代わりとなる者に与えてやってはくれぬか。大きゅうなって嫁に参るまでのこととなれば手数であろうが、しかと頼む」

「心得ました。格別のご温情、ゆめゆめ無駄にはいたしませぬ」

「良き答えぞ。少しは見習え、主殿頭」

己自身を叱り付けねばならない、今日の田沼は踏んだり蹴ったり。

自業自得である以上、肝《きも》に銘じてもらわねばなるまい。

反省している様子を見届けると、家重公は依田に向き直った。

「されば、和泉守に申し付くる」

「ははっ」

「そのほうに影の御用を命ずる！　外道どもを必ずや成敗いたせ!!」

いつになく厳しい物言いなのは、悪しき所業に覚えた怒りが強ければこそ。

もとより甘味を好む身だけに、菓子に毒を仕込んで無辜《むこ》の者たちを死に至らしめたのが許せないのだ。

その上で、悪事の犠牲となったのが軽輩ながら直参であったことも、きちんと汲み取ってくれている。決して暗愚なわけではなく、武士であると同時に人の親としての情も持ち合わせた、忠義を尽くすに値する将軍なのだ。

「御下命《かめい》の儀、謹んで承《うけたまわ》ります」

家重公への敬意を新たにしながら、深々と頭を下げる依田であった。

四

下城して早々に、依田は影の御用の配下たちを集合させた。

乗物を先に帰し、一同を集めた場所は浜町河岸の診療所。

泊まりの患者は誰も居《お》らず、人目を憚るには及ばない。

「それじゃお奉行、上様は俺らの話をお聞き届けくだすったんですね」

「そういうことだ。なればこその御下命だからの」

勢い込んで問うた早見に、依田は声高らかに命じる。

「外道どもに遠慮は無用ぞ。影の仕置、こたびも派手に開帳いたすがよい！」

後は抜かりなく段取りを整えて、悪党どもに裁きを下すのみ——。

「さーて皆の衆、あいつらをどうしてやろうかね」

北町奉行所に戻っていく依田を送り出し、まず口を開いたのは小関。

「そりゃ、ひと思いに始末するだけじゃ物足りねぇやな」

すかさず早見が話に乗ってきた。

「今度のことは調べるほどに、むかっ腹が立つばかりだったぜ。万造も御数寄屋坊主の武阿弥も、命ってもんをそこらの綿《わた》ゴミぐれぇにしか思っちゃいねぇ……だったらあいつらも、同じ扱いにしてやろうじゃねぇか」

「兵馬の申すとおりぞ、おやじどの」

続いては神谷が意見を述べた。

「道理を説いても分からぬ奴らは白刃を浴びせ、冥土《めいど》に送り込んでやらねばなるまいが、楽に死なせてはなるまいよ。悪しき企みに巻き込まれ、咎なくして犠牲になった者たちの無念を、しかと思い知らせてやるのだ」

「俺もそのお考えに乗りますぜ、旦那がた」

新平に先んじてつぶやく与七も、意気込み十分。

傍らに座った新平も、思うところは同じだった。

「いつもみたいに晒《さら》し者にしてやるだけじゃ甘いでしょう。ここはひとつ、菓子を粗末にした罰を当ててやろうじゃありませんか」

「まぁ、それはよろしいですね」

新平の一言を受けて、彩香は艶然《えんぜん》と微笑《ほほえ》む。

「因果応報の理に照らせば、愚行の報いは己に返って参るもの。故なくして命を奪いし外道どもには、やはり死を与えてやらねばなりますまい。それもひと思いに殺してもらったほうが遥かにマシだと思えるやり方で……ね」

「へっ、今度も先生の腕の見せどころだな」

早見は期待を込めてつぶやいた。

悪党どもへの制裁は、彩香の考える方法が一番キツい。

男たちが思いも寄らぬやり方を思い付いてくれるおかげで、みんな毎度大いに溜飲《りゅういん》を下げている。

こたびもまた、ふさわしい仕置を考え出すことだろう。

「じゃ、そろそろ段取りを付けるとしようかい」

促す小関は気分も前向き。

影の御用として家重公に認められ、報酬の御下賜金《ごかしきん》を受け取れる運びとなったばかりでなく、お美津に養い扶持も出してもらえるとなれば当然だった。

そんなやり取りをする最中、少々揉めたのは仕留める的の割り振りだった。

「朽木の野郎は俺が殺《や》る。こいつぁ誰にも譲れねーぜ」

「いや……あやつの始末はそれがしに任せてくれ」

「おい十郎、お前さんはすっこんでな！」

「おぬしこそ、余計なことを申すでない」

早見と神谷は互いに一歩も譲らず、睨み合うばかり。

これでは話が前に進まない。

見かねて仲裁したのは小関だった。

「お前たち、いい加減にしねぇかい」

「されどおやじどの、聞き分けがないのは兵馬のほうぞ」

「いやいや、お前さんこそ意地になりすぎちゃいねぇかい。まぁ、自慢の手裏剣をあれだけ見事に封じられたとなりゃ、無理もあるめぇが……な」

「……………」

「どうだい？　ここはひとつ、恨みっこなしでくじ引きといこうじゃねぇか」

「はいはい、そう仰せになられるだろうと思って拵《こしら》えておきましたよ」

すかさず新平が差し出したのは、二本のこより。

端の部分は握った拳に隠されており、どちらが当たりなのかは分からない。

先に手を伸ばしたのは早見だった。

やむなく神谷も後に従う。

「ほんとに恨みっこなしだぜ、いいな？」

「うむ」

「……それじゃ、行くぜぇ」

「承知」

視線を交わしざま、同時にこよりを引く二人であった。


夕闇が迫る空の下、浜町河岸を後にした男たちは、それぞれ八丁堀と日本橋に帰っていく。

人形町の通りを渡れば、いずれもひとまたぎの距離である。

八丁堀に着いた三人は、さらに二手に分かれた。

「おやじどの、十郎、それじゃな」

笑顔で立ち去る早見を見送って、神谷と小関は同じ通りを渡りゆく。

「兵馬の奴、よく文句も言わずに引き下がったなぁ」

「うむ……」

「一時はどうなるかと思ったが、ちったぁ大人になったみてぇだな」

言葉少なに頷く神谷に、歩きながら小関は告げる。

「望みどおりの的を当てたんだ。きっちりやんなよ、十郎」

「心得た。おやじどのも、しかと頼むぞ」

「分かってらぁな。三人まとめて、ずんと骨身に堪《こた》えさせてやるさね」

「それが因果応報というものぞ。こたびは彩香どのも大層張り切っておられる故な……」

「へへへ、腕が鳴るぜ」

役目が同じで組屋敷も隣同士の二人は、共に行動することが多い。

影の御用を仰《おお》せつかるようになってからは尚のこと、互いに支え合っている。

こたびの一件も長年の絆《きずな》があればこそ、ここまで漕《こ》ぎ着けたのだ。

「お前さんにゃいつも世話になったなぁ、十郎」

「何ほどのこともない。こたびの礼ならば、おたみに言うてやってくれ」

「へっ、やっぱり分かってねぇな」

肩を並べて歩きながら、小関は苦笑い。

「ったく、お前さんは男冥利《みょうり》に尽きる奴だな」

「どういうことだ、おやじどの」

「おたみさんが毎度動いてくれるのは、ぜんぶお前さんのためなのだぜ」

「えっ」

「当たり前だろ。そもそもあの人は、俺らが影の御用を仰せつかっていることを知らねぇんだからな。町方の御用の手伝いだとでも思ってるんだろうが、それにしたって惚《ほ》れてなけりゃ、ここまでやっちゃくれめぇよ」

「………」

「へへへ、思い当たる節があるって面《つら》になったなぁ」

思わず立ち止まった神谷の肩を、ぽんと小関は叩いた。

「ま、せいぜい労をねぎらってやるこったな」

「おやじどの」

「へっへへっ……埋め合わせに着物とまではいかなくても、かんざしの一本は買ってやるがよかろうぜ」

戸惑う神谷に笑みを返し、小関は屋敷の木戸門を潜《くぐ》っていく。

玄関に立つと敏江に続き、お美津がぱたぱた駆けてきた。

「おかえりなさい、とう……」

何やら言いかけたまま口ごもり、恥ずかしそうに小関をじっと見上げる。

愛らしい素振りを目にして、小関はたちまち頰が緩んだ。

「おうおう、今日も元気に遊んでたのかい？」

「はい……」

「そいつぁよかった。すぐに着替えちまうから、飯にしようぜ」

「はい」

「よしよし、いい子だ」

こくりと頷くお美津の頭を、小関は愛情を込めて撫《な》でてやる。

「ところで敏江さん、今日のお菜は何ですか」

「お前さまのお好きな、鰤《ぶり》の煮付けにございます」

「おっ、そいつぁいいですねぇ」

笑顔で応え、小関は鼻をひくひくさせる。

「あー、いい匂いだ……おや、しょうがもたっぷり入ってるみたいですね」

「まぁ、嗅《か》いだだけでお分かりになりますのか？」

「そうですよ。隠密廻のお役目は、鼻が利かないとやっていけませんから」

「まぁまぁ、さすがはお前さままですこと……されど、臭《くさ》みは薬味を利かせるだけで容易《たやす》う消えるものではありませぬよ」

後に続いて廊下を渡りながら、敏江は言った。

「魚のあらは煮る前に塩をまぶし、よく洗《あろ》うてから熱い湯をかけ回して霜降りにいたすことで、俄然《がぜん》美味《うも》うなるのです」

「おや、そんな手間を毎度《まいたび》かけてくれていたんですか」

「ほほほ、女の仕事とはそういうものでございますよ」

「へへへ、お見それしました」

小関と敏江の表情は共に明るい。

もとより仲のいい二人ではあるが、お美津を引き取ったことで夫婦の絆は更に深まっていた。

もはや手放したくはない。もちろん当のお美津の意思を優先するつもりであるが、願わくば大きくなって嫁に出すまで面倒を見たかった。

そのためにはやはり、けじめをつけることが必要だ。

何の咎もない両親《ふたおや》を死に至らしめ、貧しくとも幸せだった御家人の一家を離散させた万造と手先どもには、悪事の報いを受けさせてやらねばなるまい――。

五

翌日、最初に動いたのは新平だった。

町境の木戸が開くより早く家を出て、向かった先はしろかね屋。

「これはこれは若旦那、いつもありがとうございます」

何も知らないお付きの手代は、愛想よく新平を出迎えた。

この若者は、見逃してやってもいいだろう。

新平たちとて、誰彼構わず成敗しようなどとは考えていない。

報いを受けてもらうのは、悪事に手を貸した者たちのみ。

こがね屋に職人として潜り込み、菓子に毒を仕込んだ長太はもとより、進んで企みに加担していた番頭も、勘弁してやるわけにはいかなかった。

「ちょいと旦那さんを呼んでくれるかい。番頭さんと長太さんも頼むよ」

さりげなく新平が呼び出した三人は全員、許されぬ外道と見なされていた。

万造の用心棒たちも、合わせて討たねばならぬ標的である。

こがね屋潰しの企みそのものに加わっていなくても、雇い主の万造を護るために立ちはだかるのであれば、対決するより他にない。

とりわけ朽木は、早見と神谷にとって見逃せぬ相手だった。

（十郎の奴、あやつには貸しがあるなんて、いい格好しやがって……あの野郎を許しちゃおけねぇ気持ちは、俺だって同じなのだぜ……）

北町奉行所の用部屋で筆を執りながら、早見は胸の内で毒づいた。

昨夜、浜町河岸の診療所で各自が受け持つ標的を振り分けるとき、神谷に朽木を取られてしまったのだ。

その神谷は今、小関と共に品川宿まで足を伸ばしている。

しかし早見は隠密廻の二人と違って、勝手に動けない。

陽が高いうちは用部屋に詰め、受け持っている事件の吟味に励むと同時に、書類も次々にまとめなくてはならない。

そんな早見にとって喜ばしいのは掏摸《すり》の伝次があれから足を洗い、郷里の村に帰ったこと。

南茅場町の調番所で同じ牢に入れられた清吉の無実を切々と訴えて、早見たちを動かした伝次は、あのまま小伝馬町の牢屋敷に身柄を移されていれば四度目の御用鞭《ごようべん》。更生の余地を再三に亘《わた》って与えられていながら巾着《きんちゃく》切りを繰り返したのは不届き至極と見なされ、今度こそ問答無用で死罪に処される立場だった。

伝次にとって幸いしたのは、調番屋に連行されただけで済まされたこと。

清吉の無実を信じて止まない態度から、まだ更生の余地があると判じた早見は小伝馬町送りに至らぬように取り計らい、無罪放免してやったのだ。

悪事を犯した者を誰彼構わず引っ捕え、厳しく刑に処するばかりが町方役人の仕事ではない。

左様に心得ていればこそ、手遅れになってしまう前に助命したのである。

他の与力や同心ならば、何を措《お》いても手柄を優先するはずだ。

だが早見には、そんな欲など有りはしなかった。

(よかったな伝次、江戸になんか二度と出てくるもんじゃねぇぜ……)

それは町方御用に携わる役人としての、偽らざる本音であった。

華のお江戸は、田舎で暮らす人々が夢に見がちな桃源郷でも何でもない。

取り柄と呼べるのは米の値が安く、里の暮らしでは盆と正月にしか口に入らぬ白い飯が毎日好きなだけ食える程度で、後は日々気が滅入るばかり。少なくとも期待に胸を弾ませて、好きこのんで出てくるような場所ではなかった。

早見も辰馬が成長し、同心株を譲って隠居することが叶った折には鶴子の両親を見習って、郊外の広尾《ひろお》村に引っ込むつもりである。

しかし、それは還暦辺りまで生き延びた後のこと。若いうちは表も裏も、労を惜しまず御用に励まなくてはなるまい。

(干し草は日のあるうちに干し上げろ、だな……)

気持ちを前向きに切り替えて、早見は再び筆を執った。

「うーむ、いつになく真面目にやっておるのう」

口うるさい年嵩《としかさ》の与力が思わず感心するほど、その日の早見の執務ぶりは熱心そのもの。ケチの付け所が、まったく見当たらない。

何事も励んでいれば、時が経つのは早いもの。

日が暮れて退出する刻限になるまで、早見は脇目もふらなかった。

江戸湾が紅い夕陽に染まる頃、朽木はしろかね屋から抜け出した。

見咎めたのは、新平お付きの若い手代。

「お出かけですか、先生」

「たまにはよかろう。気散じだ」

「ですが、今日は他のお二人も居られませぬのに……」

「ふっ、何も案じるには及ぶまいよ」

引き留めようとするのを意に介さず、朽木は言った。

「どれほど腹を立てておろうと、店まで乗り込む痴れ者《しれもの》は滅多に居らぬ。おぬしらだけでも戸締まりさえしておけば、十分に防げよう」

涼しい顔でそれだけ告げ、朽木は暖簾を潜る。

目指すのは飯盛女《めしもりおんな》が春をひさぐ、品川宿の食売旅籠《めしうりはたご》。

林田と森野が不在の隙に出かけたのは、若い二人のぶんまで勘定を持たされるからである。

女を抱く代金を年上の者に出させるなど、朽木にしてみれば許せぬ話。かつて長らく手を組んでおり、過日に斬り捨てて口を封じた片山軍馬にも、そんなことで甘えた覚えは一度もなかった。

しかし、腐《くさ》れ縁の若い連中は遠慮を知らない。

鬱陶《うっとう》しい限りだったが、追い出して用心棒が朽木だけになれば、万造から何もかも押し付けられて参ってしまう。

「致し方あるまい。次はあやつらも連れて来てやるとするか……」

ぼやきながらも進めていた歩みが、おもむろに止まる。

何者かが見張っていることに、気付いたのだ。

すでに朽木は白金台町を離れ、宿場の中心部まで足を踏み入れていた。

朽木は何食わぬ態《てい》を装い、そのまま歩みを進めていく。

宿場から程近い、向かって左手の一帯は河岸《かし》が続いていた。

河岸といっても、面しているのは川ではない。

目の前に広がっているのは江戸前の海。

護岸のために石が積まれた岸辺には、船がずらりと並んでいた。

品川漁師町である。

朝が早い漁師たちの家々は、どこも眠りの中。

芝浦から品川にかけての江戸湾岸で盛んなのは、各種の網を用いた漁。夜明け前から海に出るため、船ともども支度が調えられている。

遮蔽物《しゃへいぶつ》が多いことは、朽木にとっては好都合。

潜んだ気配を察すると同時に、素性にまで当たりをつけていた。

「うぬであったか、飛剣遣いめ！」

威嚇《いかく》の声を放つと同時に、鯉口《こいぐち》を切る。

向き直りながら鞘を引き、まず抜き打ったのは刀。

鐺の如く飛んできた竿《さお》が両断されたときにはもう、脇差まで手にしていた。

神谷は眦《まなじり》を決し、二本の手裏剣を同時に抜き打つ。

カン！

キーン！

漆黒の闇を裂き、金属音が続けざまに上がる。

手裏剣は間合いが近くなるほど狙いが定まり、威力も増す。

しかし朽木が防ぎ通し、一足一刀にまで間合いを詰めれば神谷の負けだ。斬り合いに備えて長脇差を一振り帯びてはきたものの、二尺（約六〇センチ）に満たぬ得物《えもの》で互角に渡り合えるほど、二刀流は甘くない。

まして朽木は掛け値抜きに腕が立つ。外道であっても類稀《たぐいまれ》な手練なのだ。

されど、神谷も臆してはいられなかった。

神谷はサッと新たな手裏剣を構える。

応じて、朽木は投網《とあみ》の陰に走り込んだ。

「くっ」

歯噛みしながらも、神谷は続けざまに投げ打つ。

しかし必殺を期した飛剣は虚しく、投網に搦《から》め取られていくばかり。

地の利を知る朽木は、拡げて干された網を有効に活用していた。

盾にするばかりでなく、攻めにまで用いてくる。

「む！」

だっと神谷は足元を蹴って跳ぶ。

すんでのところでかわしたのは、投じられた網。

得物《えもの》ばかりか自身までも搦め取られてしまっては、万事休すだ。

恃《たの》みの得物は、見る間に数が減っていく。

朽木は巧みに投網を利用しつつ、移動する間《ま》も殺到する飛剣を二刀でことごとく弾き飛ばしていた。

未だに一本も命中させるどころか、体をかすめることさえ許していない。

「くっ……」

焦りを隠せぬ神谷に対し、朽木は勢いを増している。

鉄壁の防御ぶりを示すばかりではなく、じりじり間合いを詰めながら嘲《あざけ》る余裕まで持ち合わせていた。

「うぬ、神谷十郎とか申したな」

「……………」

「かなりの腕だが俺を狙《ねろ》うたが命取りぞ。潔《いさぎよ》う、刀の錆びとなるがいい」

「……………」

「ははは、俺はてっきり早見兵馬とやらが出て参ると思うておったのだがな……しろかね屋の番頭が調べを付けたところでは、うぬは決して取り乱すことのない男であるらしいが、こたびばかりは血迷うたの。過日に渡り合《お》うた折に手も足も出なんだのが、それほどまでに口惜しかったと申すのか？」

「……………」

「ふっ、答えずとも構わぬ。うぬにはどのみち死んでもらうのだからな」

カキーン！

金属音を上げて、最後の棒手裏剣が弾け飛ぶ。

腕に覚えの神谷の飛剣を、見事に防ぎ切ったのだ。

「勝負あったな、木っ端《こぱ》役人」

勝ち誇りながらも油断なく、朽木は更に間合いを詰めていく。

応じて、神谷は腰に両手を走らせる。

左手で鞘を引き、抜き放ったのは長脇差。
ガキーン!!
闇の中、鋭い金属音が響き渡った。
「ふっ、俺の斬り付けをよくぞ防いだな」
語りかける朽木の口調は余裕綽々。
ぐいぐい圧してくる刀勢《とうせい》は力強い。
左手の脇差も、遊ばせてはいなかった。
「これで終いだ、往生せいっ」
勢い込んで突いてくるのを、神谷は横に跳んでかわす。
凶刃を避けるだけのために、間合いを取り直したわけではない。
悪しき二刀流の遣い手と斬り合ったところで、返り討ちにされるのみ。
ならば最後の最後まで、腕に覚えの術技で立ち向かうのみ。
かわされたときは、これが宿命《さだめ》と受け入れて果てるまでだ——。
「逝《い》くのはうぬだ！　この外道め!!」
怒りの叫びを浴びせざま、神谷は長脇差を投げ打った。
ささらとなった刀身は右手を離れ、朽木を目掛けて一直線に飛んでいく。

一本の飛剣と化した刀身は、存分に勢いが乗っていた。

ザクッ。

「お、おのれ……」

朽木は信じられぬ様子で視線を動かした。

神谷が投じた長脇差は深々と、胸板を貫いている。刀身の重みに投じた勢いが加わって胸骨が割れ、傷はみぞおちにまで達していた。

「がはっ」

どっと血を吐き出しながら、朽木は呻《うめ》く。

「き、斬り合いならば、うぬ如きになど……」

驚きと悔しさに満ちた呻きは、途中で絶えた。

白目を剝《む》いた朽木は、どっと仰向けに倒れ込む。

息詰まる死闘を目の当たりにした者は誰もいない。

漆黒の闇の中、無人の河岸を潮風が吹き抜けていく。

風が血の臭いを孕《はら》んだことにも、誰一人気が付いてはいなかった。

荒い息を吐きながら、神谷は朽木に歩み寄る。

長脇差を引き抜くときはもとより、弾き飛ばされた手裏剣を拾い集めながらも視線を離さず、残心《ざんしん》を示すことを忘れずにいた。

六

手練の用心棒がついに引導を渡されたのを、万造たちは知る由《よし》もない。

新平に招かれた両国の料理茶屋の座敷に入ったとたん、待ち受けていた小関によって速攻で腰の骨を外されてしまったのだ。

大店の隠居を装った小関が立ち上がりざま、真っ先に組み伏せたのは万造。

「お、お前さん、一体どうするつもりだい!?」

「大人しくしな。痛いのはちょっとの間だよ」

サッと手足を搦《から》めて身動きを封じるや、小関は容赦なく背骨に力を加えた。

ゴキゴキゴキッ！

残る番頭と長太にも、逃げる余裕は与えられなかった。

「わわっ」

「ひいっ」

続けざまに足払いを浴びせられ、悪党どもは畳の上に打ち倒される。

のしかかって剛腕を振るいながら、小関は二人の耳元で囁《ささや》きかけた。

「さぁどうだ、ずんと骨身に堪えるだろう？」

嬉々《きき》として腕を振るい、動けなくなったのを縛り上げたのが見覚えのある北町奉行所の隠密廻同心だったと思い出したときにはすでに遅く、万造たちは辻駕籠《つじかご》に押し込まれていた。

三人とも、目隠しばかりか猿轡《さるぐつわ》まで嚙《か》まされて、声を出すのもままならずにいる。

（畜生め！　ちょいと悪事に手を貸しただけの俺が、どうしてこんな目に遭《あ》わされなくっちゃいけねぇんだい。こいつはとんだ巻き添えだぜ……）

（狙いは金か？　だったら拐《かどわ》かすのは旦那さんだけで十分だろうが！）

（まったく冗談じゃないよ！　首尾よく事が運んで、ようやく夢にまで見た御公儀御用達になれるってのに……）

長太と番頭、万造がそれぞれに胸の内で愚痴る間も、走る駕籠は停まらない。

「ほいっ」

「ほういっ」

担いだ男たちは、息もぴったり。

悪党が化けたわけではなく、本物を仕立てたらしい。

一人ずつ押し込まれた駕籠の行く先は、見当も付かなかった。

それでも大川伝いに、上流から下流へと向かっているのは分かる。

駕籠の中まで吹き込む風は、潮の香りを増していた。

(まさか八州屋の馬鹿旦那の仕業じゃねぇだろうな？　だけど座興にしちゃ度が過ぎる……やっぱり、あの木っ端役人が勝手に乗り込みやがったか)

(ふざけやがって、町方が大それた真似をしやがって……)

(このまま済ませてなるものか！　何としてでも難を逃れて武阿弥さまのお力で北町奉行ともども、詰め腹でも切らせてやらなきゃ収まりがつかないよ……)

長太と番頭、万造はそれぞれ激痛に耐えながら、胸の内で毒づくばかり。

三挺の駕籠が停まったのは、こがね屋の前だった。

おたみのおかげで嫌がらせも絶えたらしく、もはや生ゴミなど見当たらない。

「やれやれ、さすがにくたびれたぜ」

駕籠の後ろを駆けていた小関は、福々しい顔が汗まみれ。

一方で提灯《ちょうちん》を片手に先頭を走った与七は、軽く息を弾ませているのみだった。

「遠くまで済まなかったねぇ。ほら、遠慮しないで納めておくれな」

駕籠かきに酒手を弾んで労をねぎらう口調も、いつもと違って快活そのもの。

「今日のお客さんはちょいと変わった趣向をお持ちでね、お楽しみのたびにこうして女のとこまでお連れしないと、気が乗らないって仰せなんだよ……お前さんがたにも拐かしの手伝いをさせちまったみたいで、妙な心持ちだったろう？」

「いえいえ、何てこたぁありやせんよ」

「あっしらにも、いろんなお客が居りやすからねぇ。いちいち気にしてたんじゃ商売になりやせん」

ほくほく顔で答える駕籠かきたちは慣れたもの。弾んでもらった駄賃を嬉々として納め、小関と与七がきつく縛り上げた三人を手荒く引っ立てていくのを気にも留めなかった。


こがね屋の中では、彩香と新平が待っていた。

整然と片付いた板の間には、三つのお膳が用意されている。

「ご到着ですよ、先生」

「心得ました。されば、始めるといたしましょうか」

新平の知らせを受けて、台所に控えていた彩香が盛り付けを始める。

日が暮れる前に、腕によりをかけて拵《こしら》えた〝特製〟のこがね焼きである。

そこに小関が入ってきた。

「先生、そろそろお願いしてもよろしいですかい？」

「ちょうど盛り付けが終わりましたよ。されば小関さま、参りましょうか」

「はいはい」

小関は彩香を手伝い、ひょいとお盆を抱え上げる。

お盆の上には、菓子の器と茶碗が三つずつ。

後に続く彩香は、麦湯入りの土瓶《どびん》を手にしていた。

まだ冷え込みが厳しい折だけに、ひんやりと冷たい。

喉に詰まった菓子を嚥下《えんげ》させるには、ちょうどいい塩梅《あんばい》であった。


万造と長太、番頭の三人は仲良く並んで板の間に座らされていた。

目隠しと猿轡は外してもらったものの、まだ縛り上げられたままである。

腰の骨を外されているため、立ち上がることもできない。

それでも万造は懸命に、体を起こそうともがいていた。

転んでも諦めることなく、痛みに耐えながらまた踏ん張る。

「くそっ、もう一遍……」

「戻ってきましたよ、旦那さまっ」

番頭が慌てて呼びかけた。

お盆を手にした小関に続き、しずしずと入ってきたのは彩香。

「は、浜町河岸の先生！」

驚いた声を上げる万造に、彩香は淑《しと》やかに笑みを投げかける。

「お久しぶりです、しろかね屋の旦那。その節はご熱心に通っていただきまして誠に有難うございました」

「ど、どうしてお前さんがこんなところに……」

「決まってるじゃねぇですか、旦那」

長太が口を挟んできた。

「この女狐《めぎつね》はきっと、小関の野郎の仲間なのですぜ！　あっしら三人を拐かして身代《みのしろ》を強請《ゆす》り取り、金稼ぎをしようって魂胆《こんたん》に決まってまさぁ！」

「まぁ、人聞きの悪いことを仰《おっしゃ》らないでくださいな」

笑みを絶やすことなく、彩香は言った。

「今宵は皆さまにお振る舞いをさせていただこうと存じまして、こがね屋さんをお借りしたのです。お台所も拝借した上で、ね」

「お、お振る舞いだって⁉」

「ほほほ、畑違いの手仕事は骨が折れましたわ」

喚《わめ》く番頭を、彩香はにこやかに見返す。

続いて口にしたのは、信じがたい一言だった。

「こちらはお前さまがた清吉さんを亡き者にし、奪い取った大関菓子のこがね焼き……毒を仕込むやり方まで、見習わさせていただきましたよ」

「ど、毒だと……ふ、ふざけやがって」

「それがお得意なのでございましょう」

呻く長太を見返す彩香は、もはや笑っていなかった。

射抜くが如き鋭い視線に耐えきれず、長太は思わず目を逸《そ》らす。

一方の万造は、負けじと説得を試みていた。

「彩香先生、悪ふざけは程々にしておくれでないかい」

「まぁ、私がふざけておるとでも？」

「そうだとも。以前のことを根に持って、こんな茶番に及んだのだろう？」

万造は懸命に食い下がった。

「お前さんに言い寄って、しつこく誘ったことで気を悪くしているというのなら幾らでも謝るし、詫び料も出そうじゃないか。どうか勘弁しておくれ」

「いいえ、何もお詫びなどしていただきとうはありませぬ」

彩香は眉ひとつ動かすことなく、おもむろに視線を上げた。

新平と与七が二人がかりで運んできたのは、等身大の男の人形。

下帯を着けさせられただけの、裸同然の姿である。顔の形こそ省略されている
ものの、体の造りは妙に生々しい。

一体、こんなものを使って何をするつもりなのか——。

訳が分からずにいる万造たちの目の前に、その人形は横たえられた。

「では小関さま、お願いいたします」

「やれやれ、ようやく出番ですかい」

彩香が告げると同時に、ずいと小関は進み出る。

人形の傍らに仁王立ちとなり、見下ろす視線は一転して険しい。

利那《せつな》。

「むん！」

気合いも鋭く、小関の拳が振り下ろされた。

「ひっ」

万造が悲鳴を上げたのも、無理はない。

重たい拳が胸板をぶち抜いたとたん、どっと赤い液体がぶちまけられたのだ。

驚いたのは、長太と番頭も同じだった。

いずれも絶句したまま、表情を強張《こわば》らせている。

「ほほほ、驚きましたか」

彩香は笑いながら三人に告げた。

「あれは私ども漢方医が用いる経絡《けいらく》人形。本来は正しいツボに鍼《はり》を打てば水銀が付着する仕掛けが施されておりますが、代わりに赤い色水《いろみず》を詰めておきました」

「い、色水だったのかい……」

「あちらには毒など仕込んではおりませぬ故、ご安心なさいませ。ただし、そのお菓子を召し上がっていただけなければ、同じ目に遭わせますよ」

「どどど、どういうこった⁉」

長太が震えながら問いかける。

涼しい顔で彩香は答えた。

「小関さまのお力ならば人形にとどまらず、皆さま方の胸板を叩き割るのも雑作なきこと。お望みならば脳天から砕いていただきますか？」

「…………」

三人は一斉に黙り込んだ。

ただの脅しではないことは、小関の目を見れば察しが付く。

彩香の脅し文句も、尋常なものではなかった。

「そうそう、ひとつ申し忘れました」

言葉を区切り、万造たちをじっと見返す。いちいち恐怖を覚えさせ、楽しんでいるかのようだった。

「そのお菓子はお一人ぶんだけ、何も仕込んではおりませぬ」

「えっ」

「つまり、どなたかお一人は生かして差し上げましょうということです」

「ほ、他の二人はどうなるんです？」

再び絶句した万造に代わり、番頭が問いかける。

返された答えは簡潔だった。

「決まっておりましょう。悪事の報いに死んでいただきます」

「そ、そんな……」

「さぁ、早うお召し上がりなさいまし」

思わず言葉を失う男たちに、彩香はにこやかに告げた。

しかし、誰も返事をしない。

青ざめた顔で俯《うつむ》いたまま、誰一人として視線も返せずにいる。

「仕方がありませんね」

溜め息をひとつ吐《つ》き、彩香は長太に歩み寄る。

「少々痛みますけれど、ご辛抱くださいましな」

何食わぬ顔で手を伸ばし、ごつい顎《あご》を白い指でそっと持ち上げる。

ごきり。

鈍い音がした瞬間、長太の全身が強張った。

「ぐ……」

「ほほほ、男振りが上がりましたよ」

見れば、顎がだらりと垂れている。

彩香に外されてしまったのだ。

もとより華奢《きゃしゃ》な女の身で、力任せに成したわけではない。

指先でツボを探り当て、ひと突きした結果であった。

「う……ぐ……」

声も出せずに呻く長太の傍らで、彩香は平然とこがね焼きを手に取った。

「さ、食べさせて差し上げましょう」

容赦なく口の中へと押し込まれ、長太は目を白黒させるばかり。

毒入りなのか否かは定かでないが、拒めば小関に殴り殺される。

その前に、このままでは息が詰まってしまう。

何はともあれ、飲み込むしかない。

ごくり。

「ううっ……」

目を白黒させる長太を尻目に、彩香は番頭に歩み寄った。

「お待たせしました。さぁ、どうぞ」

ごきり。

ごくり。

「ぐ……」

一連の反応は、長太と同じ。

順繰りに泡を吹き、絶命したのも同様だった。

独り残った万造は、恐怖の余りに気を失っていた。

「あーあ、漏らしちまったかい」

呆《あき》れた声を上げながら、小関は彩香を見やる。

「どうしやす、先生？」

「そうですね、約束は約束ですから、生かして差し上げなくてはなりますまい」

「そりゃそうですが、このままじゃ……」

「仰せになりたいことは分かりますよ、小関の旦那」

新平が口を挟んできた。

「よりによって万造が生き残ったんじゃ、お気が済まないんでござんしょう？」

「そういうこったよ、新の字」

図星を突かれたことを素直に認め、小関は言った。

「もちろん長太と番頭も生かしちゃおけねぇ奴らだったけどよ、一番の悪は何と言ってもこの万造だ……弟弟子を死なせたあげくに後家になった師匠の娘に言い寄ってよ、モノにしようってだけならまだしも人身御供《ひとみごくう》に差し出して、上《うえ》つ方《かた》に取り入ろうとは、人でなしにも程があらぁな……」

淡々とつぶやきながら、小関は拳を固めていた。

「お待ちなされ」

脳天を目がけて振り下ろさんとした刹那、すっと彩香は立ちはだかった。

「ここで引導を渡しては何も気付かず、楽に死なせてやるだけのこと。それでは
甘《あも》うございませぬか、小関さま」

「先生……」

「常の如くに晒《さら》してやりましょう。ただし、少々趣向を凝らした上で、ね」

「一体どうするんですかい」

「小関さま、たしかお屋敷に水飴《みずあめ》をお持ちでございましたね」

「へい。飴屋から樽ごと買い取らされちまって、お美津が相変わらず甘いもんを
欲しがらねぇもんですから、樽に半分がとこ残っておりやす」

「それは重畳《ちょうじょう》。気前よく、この男に振る舞ってやってくださいましな」

「気を失ってやがる野郎に、水飴を……？」

訳が分からず、小関は猪首《いくび》を捻《ひね》るばかり。

一方の新平は、疾うに合点が行った様子であった。

「でしたら先生、ついでに蜜蜂《みつばち》を放すってのはどうですか？」

「手に入るのですか、新平さん」

「はい。私が面倒を見させてもらっている両国広小路の見世物小屋で、つい先頃

まで蜂を顔に這《は》わせて髭みたいにしてみせるって芸人が出ていましてね、その人がうっかり顔を刺されちまって、芸を続けられなくなっちまったんですよ。私も放っておけずに後の始末をさせてもらっちゃいるんですが、手を焼いているのがお払い箱にされた蜂の始末でしてね……いつまでも巣の代わりの壺《つぼ》に閉じ込めたまんまじゃかわいそうだし、さりとて好きに出入りさせたら隣近所に迷惑なんで、どうしたものかと困ってたんですよ」

「でしたら、こたびの役に立ってもらいましょう」

彩香はにっこりして言った。

「さればお手数ですが小関さまは水飴を、新平さんは巣箱を、こちらまで運んでくださいまし。与七さんには亡骸《むくろ》の始末をお願いいたします」

「心得やした。それじゃ、お先に」

言葉少なに答えるや、与七は動かぬ二人に歩み寄った。

巾着《きんちゃく》はもとより煙管《キセル》入れまで取り上げ、着物を脱がせて下帯を解く。

身許が分からぬようにして、後は重しと共に海の底へと沈めるのみだった。

七

江戸の夜が穏やかに更けてゆく。

（そろそろ他の連中は始末が付いた頃か……俺もうかうかしちゃいられねぇぜ）

胸の内でつぶやきながら、早見は夜道を急いでいた。

皆より出遅れてしまったのは、やむなき理由があってのこと。

今日は奉行所の仕事が片付かず、同僚たちと共に居残りをさせられた。仮病を使おうにも、肝心の彩香が診療所を休みにしていてはどうしようもない。

いつも口うるさい年嵩の与力に珍しく褒《ほ》められたのはよかったものの、思わぬ時を食ってしまったのには参った。

しかも腹ごしらえだけ済ませるつもりで組屋敷に帰ったところ、辰馬がいつになく早寝をしてくれましたので……と鶴子に甘えかかられ、湯漬けを掻き込んですぐに出かけるつもりが、同衾《どうきん》せざるを得なくなった。

満足した鶴子も早々に寝てしまい、おかげで怪しまれずに殺しの装束に着替えを済ませることはできたものの、結果としては大遅刻。

もしも強引に神谷を押し退《の》けてまで朽木の始末を受け持っていれば、仕掛ける機を危うく逸するところだった。

早見にとって幸いしたのは標的の武阿弥が今宵は一晩かけてじっくりと、しかも屋敷を離れて独りで過ごしていること。

とはいえ偶然に、都合よく事が運んだわけではない。

それはある女人《にょにん》の思わぬ協力により、実現した罠であった。


御数寄屋坊主の武阿弥は、あらゆる面で僧形が似つかわしくない男である。

欲深い上に好色で、見かけによらぬ鑓の名手。

名乗りに「武」の一文字を冠しているのも、自他共に認める手練だからだ。

正面切って渡り合えば苦戦は必至であるし、さりとて隙を突くのも難しい。

屋敷には大勢の家士を抱え、お忍びで女漁りに出向くときには万造から用心棒の林田と森野を借り受けて、身辺の警固をさせている。

早見の腕前ならば蹴散らすのは容易《たやす》いことだが、その隙に武阿弥に逃げられてしまっては元も子もあるまい。

そこで早見たちが考えたのは彩香に色仕掛けをしてもらい、骨抜きにした上で用心棒たちともどもも斬り捨てること。

その前に、おしのの身柄を匿《かくま》う必要があった。

与七が調べを付けたところによると、武阿弥は万造におしのを差し出すように命じているとのことであった。

そんな企みを知った以上、早見たちも見て見ぬ振りなど出来はしない。

そこで神谷と小関が朝一番でこがね屋まで出向き、影の御用のことだけ伏せて万造、そして武阿弥がすべての黒幕だったことをおしのに明かし、逃げるようにと勧めたところ、思わぬことを告げられたのだ。

（私も夫の無念を晴らしとうございます、どうか合力させてくださいまし……か。へっ、なかなか言えるこっちゃねぇぜ……）

夜更けの東海道を駆けながら、早見は胸の内でつぶやく。

自ら囮となることを決意した気丈なおしのの覚悟を、決して無為にしてはなるまい。

必ずや汚される前に助け出し、外道どもも成敗してみせる。

（待っててくれよ、女将《おかみ》さん）

決意も固く、早見は駆ける。

目指す敵地は、すぐ目の前にまで迫っていた。

武阿弥の別邸は、しろかね屋と同じ白金台町にあった。

もとより武家屋敷の多い一帯だけに、誰も不審に思いはしない。

しかし、その実態は色ボケが人知れず歓を尽くすための場所でしかなかった。

恐妻家の武阿弥は女を抱くとき、この別邸を利用するのが常である。

そんな習性を逆手に取り、おしのは誘いをかけたのだ。

「ははは、そのほうは美しいだけでなく、まことに利口なおなごだの」

「恐れ入ります、御坊主さま」

「ふふ、愛《う》い奴よ。儂《わし》の古女房とは比べものにならぬわ」

「まぁ、左様なことを仰せになられてはなりませぬ」

「よいよい、どのみちあやつも儂の目を憚《はばか》らず、色小姓をしばしば買《こ》うておるのだからのう。面と向かっては申せぬが、お互いさまというものぞ」

「……………」

割り切った様子でうそぶく様を、おしのは醒《さ》めた目付きで眺めていた。

白金台町の武阿弥さまといえば、文武の両道ばかりか茶の道にも明るい通人として、界隈《かいわい》で尊敬を集めている。

そんな人物が一皮剝けば、とんだ色ボケだったのだ。

こんな俗物の後押しで愛する夫が死に追いやられ、大事な店が閉めたも同然の有り様にされたと思えば、口惜しい限りであった。

「何としたのだ、そのほう？」

「いえ、目にゴミが入りましたもので……。さぁ御坊主さま、もう一献《いっこん》どうぞ」

何食わぬ態を装い、おしのは武阿弥に酌をする。

新平が調達してくれた絹の着物を持参して着替え、金襴《きんらん》の帯を締めた姿は大奥の女中たちも及ばぬ華やかさである。

武家女の身なりとなったのは何も武阿弥を喜ばせるためではなく、胸元に懐剣を帯びていられるからだった。

早見に任せるばかりでなく、自らも一太刀浴びせるつもりなのだ。

しかし、庭先で見張る二人の用心棒の目は節穴《ふしあな》ではなかった。

「おい森野、やはり妙だぞ」

「うむ……あの後家め、もとより御坊主さまを殺《や》る気らしいな」

声を潜めて言葉を交わす用心棒たちは、先程から座敷の様子を盗み見ていた。

いつもの如く濡れ場が始まるのを待っていれば、武阿弥が危ない。

如何なる武芸の達人も、色仕掛けには弱いもの。堅物《かたぶつ》でさえ思わぬ不覚を取りがちなのに、武阿弥のような色を好む手合いならば尚のことだ。

口を閉ざした林田と森野は、じりじりと縁側に近寄っていく。

と、背後から鋭く呼びかける声が聞こえた。

「おい、てめーらの行き先はそっちじゃねぇだろ」

「何奴！」

林田が向き直りざまに刀を抜き打った。

ガキーン！

重たい金属音と共に、刀身が砕け散る。

「おのれ、狼藉者っ」

すかさず八双に構えた刀を振るい、森野が浴びせんとしたのは袈裟《けさ》斬り。

しかし、覆面姿の男——早見は微塵《みじん》も動じない。

無言で間合いを詰めていき、手にした刀を横殴りに振るう。

パキーン！

狙った肩口に届かぬまま、森野の刀が叩き折られた。

「どうだい、丸腰にされちまった気持ちは？」

「う、うぬっ」

「お、おのれ……」

呻《うめ》く二人は脇差を帯びていない。

形ばかりのものと軽んじて、常日頃から差さずにいたのだ。

迂闊《うかつ》だったと悔《く》いても、今となっては後の祭り。

「ここが地獄の一丁目だ！　奈落の底まで堕ちやがれぃ!!」

怒号と共に刃が走る。

続けざまに、怒りを込めて浴びせたのは袈裟斬り。

朽木に敗れて戦う力を失った片山を、二人して苛《さいな》んだのと同じ太刀筋だった。

「む！」

「ぐわ」

血飛沫《ちしぶき》と共に苦悶《くもん》の声を上げ、林田と森野は崩れ落ちる。

「成仏してくれよ、爺さん……」

外道どもの末路を見届け、早見はつぶやく。

それは仲間たちにも明かさず為した、私情を込めての仕置であった。

屋内では新たな戦いが始まっていた。

「うぬ、儂《わし》を謀《はか》りおったか！」

キーン！

怒りに任せて武阿弥が振るったのは小脇差。

おしのが懐剣を抜いたのを見て、いち早く弾き飛ばしたのだ。

御城中では僧形のため丸腰でも、今は士分らしく羽織袴の姿だった。

「うぬっ」

刀も床の間に置かれていたが、武阿弥が手を伸ばした先は長押《なげし》。

おしのを早見に向かって突き飛ばしざま、愛用の鑓を確保したのだ。

「覚悟せい、下郎」

「へっ、そいつぁこっちの台詞《せりふ》だぜ」

不敵に答える早見は、顔を頭巾《ずきん》で隠したまま。

頭巾を着ければ面体《めんてい》だけでなく、声までごまかすことができる。

薄々勘付かれていたとしても、進んで正体を明かしたくはない。

そんな配慮は、後から駆け付けた依田も同じであった。

「こやつの始末は儂に任せよ」

「お、お……」

すべて任せると言っていたのに、何故にまた現れたのか。

理由は頭巾を着けたままの、当人の口から明かされた。

「そこから先は申すに及ばぬ。それなる女人を連れて、早う去れ」

二の句が継げぬ早見を見返し、依田は言った。

「憤《いきどお》りを覚えておるのは儂も同じぞ。老若男女を等しゅう笑顔にしてくれる甘味を悪事に用い、幼子から両親を奪いし外道は生かしておけぬ……」

「………」

「行け」

「へいっ！」

早見は力強く答えるや、おしのの手を引いて駆け出す。

「ま、待たぬか」

思わず追おうとした刹那、武阿弥の鐺のけら首が両断された。

抜き打ちの一刀で、依田が斬り飛ばしたのだ。

「おのれ！」

武阿弥は吠えると同時に構えを取った。

くるりと鐺を反転させ、石突《いしづき》を前にしたのである。

カーン！

長い柄《え》の尻に装着された金具が、依田の刀を弾き返す。

不意を突かれながらも、二の太刀を浴びせることは許さなかった。

「さすがは武阿弥、転んでもタダでは起きぬな」

「うぬこそ噂に違《たが》わぬ手練であったの、依田和泉守」

「ふっ、気付いておったのか」

「当たり前ぞ。うぬが上様より密かに御下命を仰せつかり、先程の下郎らに悪党どもを成敗させておるのも存じておるぞ。滅多なネタではない故に、安売りいたさず大事に取ってあるがのう」

「………………」

「ふん、驚いて声も出ぬらしいの」

武阿弥はにやりと笑みを浮かべた。

「うつけの上様に与《くみ》せし愚か者め、わが鐺の錆びとなるがいい！」

高らかに言い放つや、勢い込んで突きかかる。

「むっ」

横に跳んでかわしざま、依田は袈裟斬りを見舞う。

しかし、敵の守りは堅い。

カン！

石突の金具は思った以上に頑丈だった。

存分に刀勢を込めた斬り付けをまともに受け止めながら、砕けるどころかひびのひとつも入っていない。

「ふふふ、茶坊主だからと甘く見るなよ」

うそぶく武阿弥の繰り出す技は、積み重ねた鍛錬に裏付けされていた。

しかもけら首を断たれていながら、微塵も動じてはいない。

「りゃっ」

気合いも鋭く、繰り出したのは足払い。

「く！」

依田はとっさに踵《かかと》を後ろに跳ね上げ、辛くも打ち込みをかわした。

しかし、攻めは一度きりでは済まなかった。

「ははは、逃げよ逃げよ」

武阿弥は嵩《かさ》にかかって棒を振るう。

続けざまに臑《すね》を狙い打ち、足の甲《こう》を突いて依田を追い込むつもりなのである。

長柄《ながえ》武器ならではの戦法は、剣術遣いにとっては苦手な技だ。

依田も手強い得物に対抗すべく、刀を定寸より遥かに長い三尺（約九〇センチ）ぎりぎりのものに替えてはきたものの、やはり長柄は侮《あなど》れない。

「りゃっ、りゃっ、りゃっ」

武阿弥の攻めは執拗《しつよう》だった。

左足を前にして迫り来る、体《たい》のさばきも錬れている。

鑓穂を失っても臆せずに攻めかかれるのは、こうなる折を想定して、日頃から稽古を積んでいればこそであった。

鑓の遣い手は、棒術にも通じているのが常である。戦場《いくさば》においては今の武阿弥と同様にけら首を断たれ、手元に残った柄だけで窮地を脱しなくてはならないことも有り得るからだ。

この男、ただの色ボケではない。

だが、依田は敗れるわけにはいかなかった。

世の中には、人格が最低でも腕は立つ者が数多い。

武芸に限ったことではなく、あらゆる分野に言えることだ。

しかし、そんな輩《やから》ばかりが世間で幅を利かせれば、道理というものが通らなくなってしまう。強ければすべてが許されるなど、思い上がりも甚《はなは》だしい。

そうは言っても、諫《いさ》める側にもしかるべき力がなくては埒《らち》が明くまい。

武阿弥を止めるためには、依田が上を行く業前《わざまえ》を示すのみ。

影の御用に勘付かれているとなれば尚のこと、生かしておけなかった。

「成敗！」

臆することなく宣するや、依田はぐわっと間合いを詰めた。

取ったのは脇構え。

両手を腰の高さにして柄頭《つかがしら》を相手に、切っ先は右後ろ下にそれぞれ向け、刀がおよそ四十五度となる脇構えでは、刀身を体で隠すことで太刀筋を先読みさせずに機先を制することが可能とされている。

もちろん、通用するか否かは遣い手の力量次第。

その一太刀に、依田はすべてを懸けていた。

もしもこの場で返り討ちにされてしまえば、事は依田家が処分されるだけでは済まされない。

北町奉行が密かに配下から腕利きを選りすぐり、同心ばかりか与力まで使って人知れず暗殺をさせていたと世間に知れれば、町方はもとより幕府全体の威光が揺らいでしまうことだろう。

ましてや、今の将軍は暗君《あんくん》と揶揄《やゆ》される家重公。

実のところは違っていても、諸大名はそうは思うまい。

徳川御三家はこの機に乗じて家重公の隠居と次期将軍職の継承を画策し、外様大名の薩摩《さつま》や萩《はぎ》（長州）に至っては関ヶ原の恨みを晴らすべく、兵を動かすかもしれぬのだ。

御数寄屋坊主の立場にあるまじき、この武阿弥を生かしておいては百害あって一利なし。何としても、斬らねばなるまい。

「ヤッ！」

「りゃっ」

二人の得物が同時に走った。

カッ……。

激突した瞬間に響き渡ったのは、意外なほどに軽い音。

脇構えから振りかぶりざまに放った依田の袈裟斬りが、武阿弥の繰り出す長柄を真っ二つに断ち切ったのだ。

間を置くことなく、逆袈裟斬りが武阿弥に迫る。

帯前の脇差を慌てて抜いたときには、もう遅い。

ズバッ！

どっと上がった血飛沫が、傍らの障子を朱に染め上げる。

「ば、馬鹿な……」

武阿弥がずるずると崩れ落ちていく。

そのまま前のめりに倒れ込んでも、依田は油断をしていない。

血を振り払った刀の切っ先は、痙攣《けいれん》する武阿弥の背中に向けられている。立ち上がる気配をわずかでも示せば、即座に突いて仕留めるためだった。

しかし、動く気配はもはやない。

「……」

しばしの間を置き、依田は刀を鞘に納める。

と、か細い声が耳に届いた。

「おなごには気を付けよ、和泉守……」

息も絶え絶えになりながら、武阿弥が呻いたのだ。

とっさに依田は跳び退《すさ》りざま、鍔元《つばもと》に這わせた左手で鯉口を切る。

が、再び抜刀するには及ばなかった。

「儂は女色《によしよく》に迷うて身を滅ぼした……したが、天下に仇《あだ》なす危険なおなごに手を貸すほどには愚かではない……お、覚えておくがいい……」

わななく武阿弥は、もはや指一本すら動かせない。

遠のく意識の中、言葉だけを懸命に絞り出していたのだ。

末期《まつご》の一言が依田への負け惜しみだったのか、それとも彩香を密かに庇護《ひご》していることへの警告なのかは定かでない。

いずれにせよ、死人に口なしである。

たとえ何を言われようと、別れるつもりもなかった。

完全に息絶えたのを確かめると、依田は床の間に歩み寄る。

すらりと鞘を払ったのは、武阿弥の差料《さしりよう》。

畳の血溜まりに物打を浸した上で、亡骸《なきがら》の傍らにそっと置く。

仲間割れに見せかけるためには、庭に転がっている用心棒たちの亡骸にも同様の細工を施さなくてはならない。

だが、そんな手間は無用であった。

「早見、おぬし……」

「加勢がご入り用と思って駆け付けたんですが、さすがはお奉行……俺なんぞが手を出すまでもありやせんでしたね」

笑顔を向けて答えながらも、早見は忙しく立ち働いていた。

すでに林田と森野の刀身には、己の流した血が塗り付けられている。

後の世であれば血液を調べられ、即座に露見するであろう小細工も、宝暦《ほうれき》の世においては有効であった。

だが、今や依田はそれどころではない。

武阿弥の末期の一言を早見が聞いていれば、彩香のことを言っているとすぐに分かったはずだ。

依田と彩香は、男女の仲となって久しい間柄。

影の御用の配下たちも承知の上のことであり、野暮をする者など誰もいない。

されど、天下に仇なす危険な女となれば話は違ってくる。

そんな彩香の目的を知っていながら捕らえるどころか咎めもせず、町奉行ともあろう者が妻女の目を盗んでまで、しばしば睦《むつ》み合っているとは何事か。

町方役人でありながら直参の気概が強い早見ならば、問答無用で一喝されても致し方あるまい。

それだけならばまだいいが、神谷や小関らにまで口外されては恥を掻かされるだけでは済まなくなる。

斯《か》くなる上は、口を封じるしかないのか――。

「……」

依田の目がおもむろに細くなる。

両の手を体側に下ろしているのは、いつでも刀に掛けることが可能な体勢。

しかし、抜刀するには至らなかった。

「俺は何も聞いちゃおりやせんぜ、お奉行」

背を向けたまま答えた早見は、やはり両手を下ろした姿。

依田の微《かす》かな殺気を感じ取り、応じる姿勢を取っていたのだ。

それでいて、声の響きは落ち着いたもの。

激昂《げっこう》するかと思いきや、伝法《でんぽう》な口調も含めて常と同じだった。

「ほんとのことを言っちまえば余さず耳に入っておりやすが、もとより口外するつもりなんぞはありやせん。もちろん、彩香先生にも何も訊《き》きやしませんよ」

「おぬし、それで構わぬのか？」

「へっ、当たり前じゃねぇですか。先生はもちろん、お奉行だって俺らにとっては大事な仲間なんですぜ」

向き直りざま、ニッと早見は笑って見せる。

依田が刀を抜いていれば、笑顔の代わりに刃を向けてきたのだろう。

安堵《あんど》するのと同時に、依田は慄然《りつぜん》とせずにはいられなかった。

（こやつ、目に見えて腕を上げたの……）

影の御用を命じるようになって、そろそろ一年が経とうとしている。

早見ばかりでなく、神谷と小関も確実に強さを増していた。

もとより精鋭と見込んで影の配下に加えたものの、その実力は今や依田に迫る域にまで達しつつある。

味方に付けておけば頼もしいが、敵に廻せば一大事。

武士に非ざる身ながら腕利きの与七と、江戸の経済を動かすほどの財力を誇る八州屋の跡取りである、新平にも言えることだ。

彩香も一歩間違えば、たしかに危うい。

依田は彼女が家族の仇と目する、人物の名前を知っている。

去る十一月に急逝した、前の南町奉行の山田利延《やまだとしのぶ》から聞き出したのだ。

当の彩香は、まだ気付かれたとは思っていないことだろう。

いずれ問い質《ただ》さねばなるまいと自覚していながらも、今日まで先延ばしにしてきたのは男としての未練があればこそ。影の手駒である前に、一人の愛《いと》しい女人として彩香を手放したくはなかったのだ。

そんな依田の葛藤も、早見は与《あずか》り知らぬこと。

「さぁお奉行、細工も済んだことですし、早いとこ引き揚げるとしましょうぜ」

そう言って帰りを促したのも心を同じくして事に当たる、仲間と信じていればこそであった。

終　章　初雛祭《ひなまつ》り

翌日、品川宿で再び投石騒ぎが起きた。

こたびの標的にされたのは、おしのではない。

「この鬼畜生め、ふてぇ真似をしやがって！」

「菓子に毒を仕込むなんて、許せないよ！」

「地獄に堕《お》ちろってんだ、くそったれ！」

四方八方から容赦《ようしゃ》なく、石をぶつけられていたのは万造。

独りだけ生き残った代償は、毒入りの菓子に当たって死んだほうがマシとしか思えぬ仕置であった。

晒《さら》された場所は、宿場町の高札場《こうさつば》。

罪状がことごとく書かれた立て札の下に縛り付けられ、口には猿轡《さるぐつわ》。

身動きが取れないばかりか言葉も発せぬ有り様で、頭からは水飴《みずあめ》をたっぷりとぶっかけられている。

客の女たちを虜《とりこ》にしてきた甘い顔立ちも、もはや台無し。代わりにぶんぶんたかっていたのは、甘い匂いに惹《ひ》かれた蜜蜂《みつばち》。飴にたかるだけではなく、所構わずに刺しまくっている。

「いひゃい！　ひゃれはひゃすけれくれ〜」

どうやら本人は、

『痛い！　誰か助けてくれ〜』

と叫んでいるつもりらしいが、一人として助けに来ない。

しろかね屋には朝駆けで依田が差し向けた、北町奉行所の同心と捕方たちが乗り込み、これまで犯した不正の証拠を余さず回収し終えたところであった。

事情を知らない手代や女中、菓子職人たちは昨夜から戻らぬままの番頭と長太に朽木、そして万造が一体どこに行ってしまったのか、訳が分からずに慌てふためくばかり。まさか目と鼻の先の品川宿のどまん中で無残な姿を晒していると は、夢にも思っていなかった。

すべては依田の思惑どおりである。

後ろ盾の武阿弥が死した今、万造を庇護《ひご》する者は皆無。

日頃から袖の下を受け取っていた役人はもとより、同業の菓子職人も関わり合いになるのを恐れ、みんな首を引っ込めている。

癒着していた役人衆の中には町奉行に干渉できる目付も居たが、今やしろかね屋の摘発に踏み切った依田に釘を刺すどころではなかった。

武阿弥は万造の用心棒だった林田と森野を斬り伏せ、相討ちとなった態《てい》で発見されたからである。

依田が床の間から持ってきた武阿弥の佩刀《はいとう》に血脂《ちあぶら》を塗り付け、息絶えた傍《かたわ》らに転がしておいたのは、仲間割れに見せかけるため。

身辺の警固《けいご》をさせるため差し向けた用心棒がよからぬ考えを起こし、金を盗み出そうとしたのを見つかって斬り合いとなり、共に果ててしまった状況を抜かりなく調えてから立ち去ったのだ。

子飼いの用心棒たちが罪を犯した以上、雇い主の万造も無事では済まない。

まして御数寄屋坊主を死に至らしめたとあっては、目付も下手に庇《かば》い立てするわけにはいかない。

孤立無援となった万造は、まさに泣きっ面《つら》に蜂。

群がる蜂ばかりでなく、石を投げる者も増えつつある。

宿場町の人々に加わったのは街道を行き交う旅人や、こがね屋の菓子を愛した以前の贔屓《ひいき》筋。

立て札をたまたま目にした旅人も、しろかね屋が手入れをされて事実を知った客たちも等しく手に手に石を握り、怒りを込めて叩き付けていた。

「あほんだら！　われの店のこがね焼き、とても食えたもんやないで！」

「せっかく江戸土産にしようと楽しみにしてたのに、よくもこがね屋さんを酷《ひど》い目に遭《あ》わせやがって！」

「先代に散々世話になってたくせに、この恩知らずめ！」

「一体どうしてくれるんだい！　お前に騙《だま》されちまって、おしのさんと合わせる顔がないじゃないか！」

「この人でなしめ！　くたばりやがれ！」

怒号と投石は絶えることなく打ち続き、因果応報の制裁は万造が気を失っても止まなかった。

月が明けて三月になり、こがね屋は改めて暖簾《のれん》を出す運びとなった。

しろかね屋が公儀によって取り潰され、罪なき御家人夫婦を死なせたばかりか武阿弥殺害の責まで押し付けられて、万造が死罪に処された後のことである。

おしのは依田の計らいによって店のあるじと認められたばかりでなく、こがね焼きを初めとする菓子を職人として、自ら作ることも承認されたのだ。

「いらっしゃいまし！」

早見たちを迎えたおしのは、鉢巻きも凛々《りり》しい職人姿。

艶《つや》やかな黒髪をばっさり切り落とし、決意も新たに店に立っていた。

「あのこがね焼きの口伝は、実は私がおとっつぁんから受け継いだものだったんです。あの人と二人で完成させて――されど拵《こしら》えているところは、誰にも見せてはおりません」

「そうだったのかい……じゃ、お前さんなら続けられるってんだな？」

「はい！　伝統の味は絶えてはおりませぬ」

驚く小関に、おしのは胸を張って答える。

まだ世間では余り認められていないことながら、これからは女の和菓子職人として、第二の人生を歩むことを決意していた。

「なぁ、おしのさん。そろそろ注文させてもらってもいいかい？」

焦《じ》れた様子で呼びかけたのは早見。

「もちろん頼みてぇのはこがね焼きだ。土産もたんと包んでくんな」

「はい、喜んで！」

おしのは勇んで奥へと戻っていく。

新平はもとより、神谷と与七も期待を込めて見送る。

番頭の五平が淹《い》れてくれた茶を啜《すす》りながら待っていると、おしのが戻ってきた。

捧げ持ったお盆には、焼きたての菓子が山盛り。

男たちは一斉に手を伸ばした。

「こいつぁ美味《うめ》え！　清吉さんのとまったく同じ味だぜ、女将《おかみ》さん」

舌鼓を打つ早見の傍らでは、神谷が熱々のこがね焼きを無言で嚙《か》み締める。

新平はおずおずと問いかけた。

「神谷の旦那、いかがですか？」

「うむ……美味いな」

しみじみ答える顔は、いつになく柔和《にゅうわ》であった。

見守る小関は、福々しい丸顔をほころばせていた。

「へへっ……甘いもんの苦手な十郎が褒《ほ》めるんなら、こいつぁ本物だろうぜ」

「あっしも堪能《たんのう》しておりやすよ。ほんとに結構なお味でさぁ」

神谷と同じく甘味を好まぬはずの与七も、感慨深げにつぶやく。

「ありがとうございます……」

おしのの目には大粒の涙。

「よろしゅうございましたねぇ、女将さん……」

茶のお代わりを注いでいた五平も、もらい泣きをせずにはいられない。

「皆々さま、まことにありがとうございました」

「止しなよ、照れ臭いじゃねぇか」

深々と頭を下げる五平に、恥ずかしそうに早見が告げる。

「そうだぜぇ、番頭さん」

尻馬に乗って小関が言った。

「晴れの門出に涙は禁物だ。せっかくの茶がしょっぱくなっちまうだろ？」

「す、すみません」

「ははは……冗談、冗談だよ」

明るい笑いに釣られ、居合わせた客たちも揃って満面の笑み。

再起したこがね屋の商いは順風満帆。

公儀御用達《ごようたし》の菓子匠に戻れる日も、そう遠くはないことだろう。


昼下がりの陽光の下、小関は独りで家路を辿《たど》っていた。

午後から受け持つ事件の吟味がある早見は北町奉行所に、神谷は面番所詰めのため吉原に、新平と与七は日本橋の八州屋にそれぞれ向かった後。小関も土産の包みを届けたら間を置くことなく、吉原まで出向かなくてはならない。

独りだけ八丁堀に寄り道をしたのは、お美津の顔を見たいが故だった。

可愛いお美津は小関夫婦にとって、今やわが子にも等しい存在。

いずれ正式に養女に迎えるつもりだが、気後《きおく》れしているところもある。

すでに打ち解けたにも拘《かか》わらず、お美津はまだ笑顔を見せてくれない。

小関が早見と二人しておどけて見せたり、神谷がらしからぬ冗談を口にしたりすると表情を綻《ほころ》ばせてはくれるものの、心から笑うことができずにいるのだ。

幼い心に負った傷は、大人たちが気遣う以上に深いものであるらしい。

菓子をまったく口にしないのも、相変わらずのことであった。

おしのが代金を受け取らずに持たせてくれたこがね焼きも、決してお美津の目には触れさせせぬようにして、敏江とこっそり味わうしかなかった。

寂しいことだが、致し方あるまい。

黙々と足を進めるうちに、わが家が見えてきた。

「ちょいと戻りましたよ、敏江さん」

玄関に立って呼びかけるなり、敏江が廊下を駆けてきた。

見れば、皺《しわ》の目立つ両の頬を涙でしとどに濡らしている。

「お前さま！　お美津、お美津が……」

「何ですか、そんなに慌てて」

土産の包みをぶら提げたまま、小関は怪訝《けげん》そうに見返す。

続いて告げられたのは、思わぬ一言。

「お美津が……食べてくれたのです、私のあんころ餅《もち》を！」

「ほ、ほんとですか⁉」

雪駄《せった》を脱ぐのももどかしく、小関は奥に駆け込んでいく。

部屋ではお美津がお膳の前にちょこんと座り、あんころ餅を口に運んでいた。

皿に盛られた餅は、すでに半分無くなっている。

口の周りをあんこだらけにしながら、嬉々《きき》としてぱくつく様が愛らしい。

「お美津坊……お前さん、とうとう甘いもんが食べられるようになったんだな」

小関は感激しきりであった。

土産のこがね焼きも山ほどあるが、ここはお相伴《しょうばん》をせずにはいられない。

「よーし、俺もひとつもらおうかな。頼みますよ、敏江さん」

「はい、今すぐお持ちしましょうね」

敏江は満面の笑みで頷《うなず》いた。

と、そこにお美津の声が聞こえてきた。

「……しゅうございます」

「何だい、お美津坊?」

「おいしゅうございます、とうさま、かあさま」

「えっ」

「いつもありがとうございます、とうさま」

呆気《あっけ》に取られた小関を見返し、お美津はにっこり。

それはぎこちなくも愛くるしい、心から浮かべた笑顔であった。

「おかたづけをしてきますね」

きれいに平らげた皿をお膳ごと抱え上げて一礼すると、お美津はちょこちょこ部屋から出て行った。

「うぅっ……」

嬉し涙を流す愛妻を、そっと小関は抱き寄せた。

「さーて敏江さん、明日からは忙しくなりますよ」

「何事ですか、お前さま……」

「決まってるでしょう、雛祭りの支度ですよ」

耳元で語りかけつつ、涙を拭いてやる手付きは優しい。

しかし、甘い雰囲気に浸ってばかりはいられなかった。

「そうは言っても物入りですよ。何から何までぜんぶ揃えなくっちゃね……私もありったけ出しますから、敏江さんもへそくりを融通してくださいよ」

「はい、もちろんですとも」

「おや、いい顔になりましたね」

にこやかに答える妻の肩をそっと抱き、小関は眩《まぶ》しげに空を見上げる。

「おやおや、ほころび始めたみたいですねぇ……」

縁側にまで漂ってきたのは、馥郁《ふくいく》たる花の香り。

梅に桃ときて、間もなく桜も満開になろうとしていた。

双葉文庫

ま-17-22

暗殺奉行《あんさつぶぎょう》
極刀《ごくとう》

2015年3月15日　第1刷発行

【著者】
牧秀彦《まきひでひこ》

【発行者】
赤坂了生
【発行所】
株式会社双葉社
〒162-8540 東京都新宿区東五軒町3番28号
［電話］03-5261-4818(営業)　03-5261-4833(編集)
www.futabasha.co.jp
(双葉社の書籍・コミックが買えます)
【印刷所】
株式会社亨有堂印刷所
【製本所】
株式会社若林製本工場

【表紙・扉絵】南伸坊
【フォーマット・デザイン】日下潤一
【フォーマットデジタル印字】飯塚隆士

落丁・乱丁の場合は送料双葉社負担でお取り替えいたします。
「製作部」宛にお送りください。
ただし、古書店で購入したものについてはお取り替えできません。
［電話］03-5261-4822(製作部)

ISBN978-4-575-66716-5 C0193
Printed in Japan